BLUTSCHLUCHT

ILONA BULAZEL

EI Ilona Bulazel
6 B Avenue des Isles d'Amérique
F-34300 Agde

E-Mail: kontakt@autorib.de
Website: https://www.autorib.de
Facebook: https://www.facebook.com/ilonabulazel
Newsletter-Anmeldung: https://www.autorib.de/newsletter

Ausgabe 9_1.1/2024

Korrektorat: Natalie Röllig

Cover / Photo Images © Depositphotos / jannystockphoto (Teerawut Masawat), fotokitas (Agus alan Darma saputra), kle1njke@gmail.com (Oleksandr Holovin)

ISBN: 9798875553257
Imprint: Independently published
Weitere Infos zum Druck: siehe Buchende

INHALT

ÜBER DAS BUCH

»Der Todesschrei war weder schrill noch laut. Eher glich er einem kurzen, jammervollen Seufzer, in dem sogar ein wenig Erleichterung darüber mitschwang, dass es endlich vorbei war ...«

Dem zwölfjährigen Paul wird ein schreckliches Verbrechen vorgeworfen. Ist er wirklich der Mörder seiner Eltern? Sein beharrliches Schweigen hat zur Folge, dass er in staatlicher Obhut landet. Als sein Betreuer ihn und drei weitere Jugendliche zu einer Wanderung mitnimmt, ahnt keiner, dass sie sich dadurch in tödliche Gefahr begeben.

Nach einem gewaltigen Felssturz in der *Blutschlucht*, der die Gemeinde Goldeisental erschüttert, scheinen Paul und der Rest der Gruppe unter den Gesteinsbrocken begraben zu sein. Doch für Polizeihauptmeister Mark Ehmann ergeben sich einige beunruhigende Widersprüche. Getrieben von Schuldgefühlen beginnt er in der Vergangenheit der Opfer nach Antworten zu suchen – dabei stößt er auch in seinem direkten Umfeld auf Ungereimtheiten.

Welche Geheimnisse verbergen die Menschen um ihn herum? Warum ist seine ehemalige Verlobte nach Jahren mit ihrem kleinen Sohn zurückgekehrt und was verheimlicht die neue Försterin, die stets so unnahbar wirkt?

Als ein weiterer Einwohner der kleinen Stadt spurlos verschwindet, ahnt Mark noch nicht, dass sich ein blutrünstiger Mörder direkt in seiner Nähe befindet. Wird es dem Polizeihauptmeister rechtzeitig gelingen, den Fluch der *Blutschlucht* zu brechen?

Erneut inszeniert Ilona Bulazel für ihre Leserinnen und Leser eine Begegnung mit der Psyche unserer Nächsten, die oft dunklere Seiten haben, als wir uns vorstellen möchten ...

1

In der Nacht

Paul kam langsam zu sich, spürte den Schmerz an den Handgelenken, da, wo das Seil stramm die Haut umschloss.

Erst glaubte sich der Zwölfjährige in einem Albtraum gefangen, aber dann registrierte er, dass das Wimmern und Schreien sehr real war. Er öffnete die Augen, sah die felsigen Wände, die im Schein der Baustellenlampe glitzerten. Nicht weit entfernt entdeckte er einen der Jungs. Er saß wie Paul auf dem kalten Steinboden, gefesselt, jedoch noch in der Ohnmacht gefangen. Paul versuchte, sich an dessen Namen zu erinnern. Es fiel ihm schwer, denn neben dem Kopfschmerz und der Übelkeit war es vor allem die Angst, die ihn kaum einen klaren Gedanken fassen ließ.

Wie heißt der Kerl?, fragte er sich, dachte daran, dass er ihm und den anderen erst am Vortag begegnet war, dass er einen Widerwillen gegen die Gruppe gehabt und den Betreuer für einen Lügner gehalten hatte. Offenbar völlig zu Recht, denn nichts würde je wieder gut werden – so wie es ihm versprochen worden war.

Obwohl er sich bemühte, konnte er nicht länger verdrängen, was hinter ihm gerade geschah. Er spürte, dass jemand Rücken an Rücken an ihn gefesselt war, ahnte, dass demjenigen ein grausamer Tod bevorstand. Ohne Vorwarnung wurde Paul von den Bewegungen des anderen Körpers mitgerissen. Erst nach links, dann nach rechts. Er wehrte sich nicht dagegen, hoffte, dadurch beim Überleben mitzuhelfen.

»Nein, bitte, ich will nicht sterben«, hörte Paul die verzweifelte Stimme hinter sich.

Das musste der sein, der sich als Eric vorgestellt hatte. Ein Großmaul mit weißblond gefärbten, wie Stacheln in die Höhe stehenden Haaren. Unverkennbar war er ständig auf Streit aus. Wäre nicht der Tod dazwischengekommen, dachte Paul mutlos, dann hätte Eric ihm vermutlich das Leben schwer gemacht, ihn gemobbt, geschlagen, bestohlen …

Plötzlich folgte ein Schrei – schrill, hysterisch, verzweifelt. Gleich darauf spürte Paul, wie der Körper hinter ihm von Weinkrämpfen geschüttelt wurde.

»Nein, bitte nicht«, rief Eric, während er sich gegen

Paul presste, so als wollte er diesen ein Stück vorwärtsschieben.

Abrupt ließ der Druck gegen Pauls Rücken nach, zeitgleich erklang ein knirschendes Geräusch, jemand schrie auf.

Von allen Seiten hörte man plötzlich qualvolle Laute. Reflektiert von den Felsen wirkte es beinahe so, als würde ein Heer von Unglücklichen Erics tragisches Schicksal beweinen.

Ein Flüstern: »Herr Bankert ...«

Daraufhin spürte Paul einen Ruck, und erneut erklang ein Knirschen.

Dem Zwölfjährigen blieb der Anblick der Spitzhacke, die im Kopf seines Hintermannes steckte, erspart, nicht jedoch der intensive metallene Geruch, der sich nun ausbreitete – genauso wenig wie der Schwall warmen Blutes, der Pauls Hinterkopf traf, in seinen Kragen schwappte und seinen Pullover durchnässte, während er das Gefühl hatte, ein feiner Brei würde seinen Rücken hinunterlaufen.

Völlig unerwartet tauchten vor Pauls geistigem Auge verdrängt geglaubte Erinnerungen auf. Undeutliche Fragmente eines Zuhauses, einer unehrlichen Mutter, eines schreienden Vaters und eines tiefen Schmerzes.

Ein weiterer Ruck, verursacht durch das Herausreißen der Spitzhacke aus Erics Schädel, ließ die Bilder der unglücklichen Kindheit verschwinden.

Paul hob den Kopf, und dabei traf sein Blick den des

gefesselten Jungen gegenüber, der nun ebenfalls aus der Ohnmacht erwacht war. Er erkannte in dessen bleichem Gesicht mit den aufgerissenen Augen die Panik und wusste sofort warum. Unvermittelt erschien die Spitzhacke nämlich direkt vor Pauls Gesicht. Tapfer zwang er sich zunächst, nicht hinzusehen, aber schließlich konnte er es nicht vermeiden. Wie gebannt starrte er auf den geschmiedeten, in Blut getränkten Stahl, an dem etwas hing. Und auch wenn Paul sich weigerte, zu akzeptieren, was er da sah, so wusste er dennoch, dass es sich um einen Fetzen Kopfhaut handelte und dass der von Eric stammte. Die weißblonden, stacheligen Haare auf dem herausgerissenen Stück Haarboden waren unverkennbar.

* * *

Am nächsten Morgen, *Goldeisental* im Schwarzwald

Mark Ehmann, Polizeihauptmeister und Leiter des örtlichen Polizeipostens, stand auch heute wieder an der Bushaltestelle und sorgte dafür, dass die Handvoll Grundschüler sicher den Schulbus erreichen konnte. Der Fünfunddreißigjährige nahm seine Aufgabe ernst. Schließlich war erst vor wenigen Monaten in der Nachbargemeinde ein Kind schwer verletzt worden, weil sich ein Autofahrer nicht an die

Geschwindigkeitsbegrenzung gehalten hatte. Mark zeigte deshalb gerne Präsenz und verwies uneinsichtige Raser in ihre Schranken.

Der Schulbus würde bald eintreffen, und die wartenden Kinder drängten sich heute unter das Dach der Haltestelle, denn schon seit den Morgenstunden regnete es. Auch Mark spürte die kalten Tropfen im Nacken. Sein Blick wanderte automatisch die breiten, steilen Hänge hinauf, die Goldeisental umschlossen. In früheren Zeiten waren sie ein Schutz gegen unwillkommene Besucher gewesen, aber leider auch ein Hindernis, um mit dem Rest der Welt zu kommunizieren. Moderner Straßenbau, Sprengstoff und Tunnelbohrmaschinen hatten das geändert, sowohl zum Guten als auch zum Schlechten. Durchgangsverkehr brachte Lärm und Gefahr, aber auch Touristen und Ausflügler, die der heimischen Geschäftswelt lukrative Umsätze bescherten. Mark hing einen Moment seinen Gedanken nach und betrachtete dabei die dunklen Tannen des Schwarzwalds, die im Nebel des Januarmorgens miteinander zu einer breiten schwarzen Mauer zu verschmelzen schienen. Undurchdringlich und bereit, den Kapriolen von Wind und Regen zu trotzen.

Der Polizeihauptmeister genoss den Anblick. Immerhin war der Schwarzwald seine Heimat, und trotz einiger Reisen und berufsbedingter Ortswechsel hatten den Fünfunddreißigjährigen die geheimnisvollen Wälder des berühmten Mittelgebirges stets nach Hause gerufen.

»Es kommen düstere Zeiten«, schreckte ihn eine Stimme aus seinen Gedanken.

Mark lächelte müde, während er sich umdrehte und antwortete: »Und welcher dämonische Unglücksbote ist dieses Mal dafür verantwortlich? Die schwarze Katze, der krächzende Rabe oder die hinkende Ziege?«

Das runzlige Gesicht der *Tännerin,* wie man Bertha Tänner im Dorf allgemein nannte, verzog sich zu einer missbilligenden Grimasse, wobei ihr rechtes Auge so wirkte, als würde es ein Eigenleben entwickeln, und stark zu schielen begann.

Die Kinder kicherten, während die Tännerin schnappte: »Junge Leut, keine Ahnung von nix.« Dabei hob sie drohend den Zeigefinger und sagte unheilvoll: »Du wirst schon sehen.«

Damit war das übliche Geplänkel der beiden vorbei, und Frau Tänner reichte dem Polizisten einen zusammengefalteten Zettel. »Hier«, erklärte sie entschlossen, »das ist die Autonummer des Kerls. Jetzt kannst du ihn verhaften.«

Dass ihn die Tännerin duzte, störte den Polizisten nicht. Die Frau stand kurz vor ihrem neunzigsten Geburtstag, hatte Mark schon als Kind gekannt, weshalb er sich albern vorgekommen wäre, auf ein *Sie* zu bestehen.

»Wen soll ich festnehmen?«, fragte er daher geduldig.

»Den, der immer an meinem Haus vorbeirast und dabei seine Krawallmusik aufdreht. Ich bin zwar alt, trotzdem habe ich ein Recht auf Nachtruhe.«

Mark erinnerte sich. Frau Tänner hatte sich schon mehrfach wegen des Fahrzeuges beschwert, aber leider war es ihm bisher nicht möglich gewesen, herauszufinden, wem es gehörte. Mit einem Kennzeichen war das natürlich etwas anderes.

»Und noch etwas«, fuhr die Alte mit einem biestigen Grinsen fort. »Ich weiß jetzt auch, wo der immer hinwill.«

»Und?«, tat ihr Mark den Gefallen nachzufragen.

»Kupfergasse 12«, antwortete sie triumphierend, und Mark stöhnte innerlich.

Er wusste sehr genau, wer dort wohnte. Bewusst lässig erwiderte er jedoch: »Ich kümmere mich darum«, und schob mit wenig Begeisterung den Zettel in die Hosentasche.

Gedanklich war er bereits auf dem Weg zu besagter Kupfergasse, als ein ohrenbetäubender Lärm alle zusammenfahren ließ. Für eine Sekunde hatte man den Eindruck, dass eine Explosion den Schwarzwald in Stücke gerissen hätte; aber sowie man den Blick auf die Hügel richtete, erkannte man, dass die dunklen Tannen immer noch an ihrem Platz standen, so als wäre nichts passiert.

Die Kinder drängten sich zwar im Schreck enger zusammen, doch schon im nächsten Moment zogen einige ihre Handys aus den Taschen.

Wohingegen sich die Tännerin bekreuzigte und heiser schnappte: »Die Blutschlucht, ich wusste es. Ich wusste, dass etwas Schlimmes passieren würde.«

»Geht es allen gut?«, fragte der Polizeihauptmeister ganz automatisch, obwohl ihm durchaus bewusst war, dass keinerlei Gefahr bestand.

Die Kinder beachteten ihn nicht, sondern hoben die Kameras ihrer Telefone in die Richtung, aus der das furchteinflößende Donnern gekommen war.

Zeitgleich traten aus den Häusern nun Menschen, drängten trotz des Regens auf den Gehweg und blickten den Berg hinauf, als könnten sie auf diese Weise etwas erkennen.

Jemand rief: »Das hatten wir schon lange nicht mehr!« Andere nickten, teilten miteinander die Erinnerungen an das letzte Mal, als das Dorf vom Grollen der Blutschlucht heimgesucht worden war.

»Die Blutschlucht fordert neues Blut«, ließ sich die Tännerin nun nicht mehr bremsen.

Der Polizist wandte sich an die Schüler und sagte schnell: »Das war vermutlich ein Felssturz, oben bei der Schlucht. Nichts, was ihr hier im Tal fürchten müsst.«

Eines der Kinder mischte sich ein. »Mein großer Bruder sagt, das ist wie Schneelawinen, aber mit Steinen und Dreck.«

Die Kinder wirkten nicht erschreckt, sondern eher neugierig und eines rief sogar: »Cool!«

Dennoch sah sich Mark genötigt zu erklären: »Die

Steine stürzen alle in die Schlucht, und wir sind weit weg.«

Was wiederum die Tännerin veranlasste zu ergänzen: »Nicht so wie die armen Kuckuckskinder.«

Nun wurden doch einige der Grundschüler hellhörig. »Die Kuckuckskinder?«, fragte ein Mädchen nach, und die Tännerin ließ sich nicht zweimal bitten.

Mit großen Gesten begann sie die Geschichte der Blutschlucht zu erzählen. »Es geschah im Jahre 1890, meine Großmutter hat es mir erzählt, und bei meiner Seel', sie schwor, dass es einer der grausigsten Wintertage gewesen war. Überall Eis und Schnee, und dicke Flocken fielen vom Himmel, sodass sich die Äste der Tannen darunter bogen. Der Weg über der Schlucht war der kürzeste, um ins nächste Tal zu gelangen. Damals gab es noch keine Straßen und Tunnel, da musste man durch die Wälder, wenn man irgendwo hinwollte«, fügte sie noch an. »Sechs Uhrmacherlehrlinge, kaum älter als ihr.«

Mark warf ein: »Sie waren älter«, woraufhin er von der Tännerin mit einem ungeduldigen Handwedeln zum Schweigen gebracht wurde.

»Sechs Uhrmacherlehrlinge«, wiederholte sie, »ausgebildet in der hohen Kunst des Kuckucksuhren-Baus, und ihr Meister stürzten an jenem Tag in die Schlucht, als der Boden unter ihnen wegrutschte. Ohne Vorwarnung gab das Gestein unter ihnen nach. Sie hatten Kuckucksuhren dabei, wollten die verkaufen, um Vorräte für den Winter zu besorgen. Alle mausetot.

Das Unheimlichste geschah jedoch erst nach dem Absturz …« Sie machte eine Pause, vermutlich, um die Spannung zu steigern, aber eines der Kinder kam ihr zu vor.

»Jaja«, gab sich ein Achtjähriger altklug und erklärte: »Die Felsen haben Blut geweint und die Toten heulen nachts. Allerdings«, wandte er sich nun wichtigtuerisch an seine Klassenkameraden, »ist das alles Unsinn. Mein Papa sagt, das Rot kommt von dem Eisen und den anderen Mineralien im Berg. Die färben das Wasser rot, und das Heulen macht der Wind.«

Mark musste sich ein Grinsen verkneifen, während die Tännerin verärgert nach Luft schnappte. In diesem Augenblick hielt der Schulbus neben ihnen, und dessen Türen öffneten sich geräuschvoll. Kurz darauf waren die Kinder grußlos im Inneren verschwunden, und der Polizeihauptmeister blieb mit der alten Frau zurück.

»Denen machen Gruselgeschichten keine Angst mehr«, wandte er sich gutmütig an die Tännerin. »Die sind ganz andere Sachen von den Medien gewohnt.«

Sein Gegenüber wirkte auf einmal verloren, erinnerte ihn an das sprichwörtliche Fossil aus längst vergangenen Zeiten. Vermutlich hatte es in ihrer Kindheit noch nicht einmal ein Radio in der guten Stube gegeben. Mit einem Mal tat ihm die alte Frau leid, und er fügte mit einem Augenzwinkern an: »Aber ich bekomme immer noch eine Gänsehaut, wenn ich die alte Geschichte höre.«

Sie grinste verschmitzt, zeigte dabei ihr

unvollständiges Gebiss und nickte. »Warst früher schon ein Angsthase«, hielt sie ihm vor, klopfte ihm dann mit ihrer knochigen Hand auf den Arm und sagte leise: »Bist aber ein guter Kerl.«

Mark reagierte mit einem amüsierten »Danke«, und die Tännerin watschelte geschäftig davon.

2

Mark kehrte zurück zum Polizeiposten. Seine Kollegin Gabriele Veit saß gut gelaunt am Schreibtisch und vertilgte gerade ein riesiges Sandwich. Sein Blick ließ sie mit vollem Mund sagen: »Schau mich nicht so an! Ich habe Hunger, muss schließlich für zwei essen.«

Mark grinste, unterließ jedoch einen Kommentar. Gabriele trug ihr drittes Kind unter dem Herzen, in etwa zwei Monaten sollte die Geburt stattfinden. Seit der Schwangerschaft befand sich seine Kollegin in einem Zustand der ständigen Kalorienaufnahme.

Sie biss nicht noch einmal ab, sondern wickelte den Rest in eine Serviette und ließ das Bündel in der Schublade verschwinden.

»Ach«, stöhnte sie leidenschaftlich. »Dieses Kind bringt mich um den Verstand. Zwei Schwangerschaften ohne irgendwelche Probleme, ich konnte mühelos mein Gewicht halten, und jetzt sieh mich an. Morgenübelkeit und den Rest des Tages Heißhunger. Ich fühle mich wie eine Kuh mit einer Kolik. Aber ab jetzt werde ich mich zusammenreißen.«

Mark war klug genug, das nicht zu kommentieren. Gabriele hatte in den letzten Wochen dazu geneigt, stark emotional zu reagieren, vor allem, wenn es um ihr Aussehen ging. Deshalb wechselte er das Thema und sagte: »Hast du das Grollen gehört?«

»Wie hätte ich das überhören können?«, erwiderte sie seufzend. »Ich bin so erschrocken, dass ich schon befürchtet habe, meine Fruchtblase könnte platzen.« Ohne den eben gemachten Vorsatz zu beachten, öffnete sie erneut die Schublade, angelte sich das Sandwich und biss herzhaft hinein.

Mark wirkte unschlüssig, und sie fragte: »Was ist los?«

»Ich mache mir Sorgen«, gab er schließlich zu.

»Wann ist das bei dir einmal anders?«, antwortete Gabriele gleichmütig.

»Wir hatten doch gestern diese Gruppe im Tal.« Da seine Kollegin nicht gleich reagierte, erklärte er: »Die vier Jugendlichen mit ihrem Betreuer?«

»Die, die im Rathaus Ärger gemacht haben«, erinnerte sich die Beamtin.

»Genau die. Ich hatte mit dem Betreuer gesprochen. Die wollten auf dem Zeltplatz ihr Quartier aufschlagen und dann Wanderungen unternehmen.«

»Du hast ihn doch vor der Route Richtung Blutschlucht gewarnt«, entgegnete Gabriele, die mit einem großen Bissen den Rest ihres Brötchens vertilgte und sich nun daranmachte, eine Schachtel Kekse zu öffnen.

»Ja, natürlich, und er schien mir auch vernünftig, aber es wäre mir wohler, zu wissen, dass die fünf in Sicherheit sind.«

»Vermutlich haben die schon wieder den Rückweg angetreten«, warf seine Kollegin ein. »Der Regen und die Kälte werden denen keine gemütliche Zeltnacht beschert haben.«

»Der PKW des Betreuers parkt noch vor dem Rathaus«, warf Mark ein. »Ich glaube, ich sollte zum Zeltplatz aufbrechen und mir auch gleich die Schlucht ansehen.«

»Und dabei ganz zufällig in Kontakt mit unserer schönen Försterin treten«, neckte ihn Gabriele.

Sehr zu Marks Ärger glühten seine Wangen. Es stimmte, Carina Weisenberg war eine gut aussehende Frau, und er konnte nicht leugnen, dass er in ihrer Nähe eine starke Anziehung spürte, dennoch erwiderte er: »Sie mag eine gute Försterin sein, aber menschlich ein Eisklotz. Unfreundlich und arrogant.«

»Sicher«, antwortete ihm die Kollegin wenig überzeugt, »du solltest sie trotzdem mitnehmen. Sie kann helfen und vielleicht …« Gabriele lehnte sich zurück, knabberte an einem Keks und sagte verträumt: »Wer weiß, vielleicht kommt ihr in ein Unwetter, müsst irgendwo Schutz suchen, euch aneinanderkuscheln, um dem Tod durch Erfrieren zu entkommen. Warme Körper, eng umschlungen, nur ihr beiden, der Schnee und die Liebe …«

Sie zwinkerte ihm zu, und Mark brummte: »Jetzt ist aber gut.«

Gabriele zuckte mit den Schultern. »Ich kann nichts dafür. Ich bin eine schwangere Frau mit unkontrollierbaren Hormonen. Und die sagen: ›Mark muss Carina anrufen.‹«

Mark schüttelte resigniert den Kopf.

»Schon gut«, entgegnete seine Kollegin, »ich sehe schon, die Goldeisentaler Weiblichkeit löst bei dir Stress aus.«

»Allerdings, vor allem die, mit der ich ein Büro teile«, erwiderte er mit einer Grimasse.

»Dann ab in die Wälder«, antwortete Gabriele amüsiert, »ich halte hier die Stellung.«

* * *

Etwas später

Carina Weisenberg wartete bereits auf den Polizeihauptmeister, sie hatten sich vor dem Zeltplatz verabredet. Eine Forststraße ermöglichte den Mitarbeitern der Gemeinde und der Polizei, den Weg zum Platz mit einem Fahrzeug zurückzulegen. Privatpersonen und Wanderer mussten zu Fuß gehen.

Mark parkte direkt neben Carinas Allrad-

Geländewagen. Die Försterin war wie gewöhnlich praktisch angezogen; ihr braunes, welliges Haar hatte sie auch heute zu einem Dutt am Hinterkopf zusammengeknotet. Sie trug kein Make-up, keinen Schmuck oder irgendwelche Accessoires, um sich aufzuhübschen. Dennoch sah sie unglaublich gut aus, selbst in den olivfarbenen weiten Cargohosen und dem schlammgrauen Parka.

Wie üblich begrüßte sie Mark reserviert.

»Was genau tun wir hier?«, fragte sie in neutralem Tonfall, und der Polizist antwortete: »Ich will sichergehen, dass der Gruppe nichts passiert ist, und mich deshalb hier und oben an der Schlucht umsehen.« Sein Blick wanderte über den Zeltplatz.

Drei kleine, moderne Zelte, ausgelegt für winterliche Temperaturen, offenbar brandneu, standen dort; mehr oder weniger gut befestigt. Bei einem der *Mauszipfel,* wie man die Zelte in der Region nannte, hing das Dach durch, und in der Kuhle sammelte sich das Regenwasser.

»Die Ausrüstung ist noch da«, stellte er überflüssigerweise fest, und Carina bestätigte das mit einem Brummen.

»Vielleicht haben sie sich in die Blockhütte zurückgezogen«, spekulierte sie mit gerunzelter Stirn. »Immerhin hat es die ganze Nacht geregnet.«

Mittlerweile nieselte es nur noch, und Carina verzichtete darauf, sich die Kapuze über den Kopf zu ziehen. »Sehen wir nach«, schlug sie vor und setzte sich in Bewegung.

Mark folgte ihr und rief: »Ist jemand da?«, erhielt aber keine Antwort.

Abrupt blieb Carina stehen und blickte zu dem Polizisten. »Ich frage mich, was die bei dem Wetter hier zu suchen hatten. Der Wald ist kein Spielplatz und um diese Jahreszeit unberechenbar.«

Mark dachte automatisch an die Tännerin und dass die an den Aussagen der Försterin sicher ihre Freude gehabt hätte, erwiderte jedoch: »Ich denke mir, dass es darum ging, den Jugendlichen die Natur näherzubringen.«

Carina stieß ein verächtliches »Pah« aus und murmelte: »Dafür haben wir Stadtparks mit Ententeichen und Sitzbänken.«

Das ließ Mark unkommentiert und näherte sich dem ersten Zelt. Nochmals rief er »Hallo«, dann zog er den Reißverschluss auf.

Ohne darum gebeten werden zu müssen, hatte Carina eine Taschenlampe zur Hand und leuchtete hinein, während Mark auf die Knie ging und das Innenleben des Mauszipfels betrachtete. »Mumienschlafsäcke, Schokoriegel, Klamotten, alles da«, stellte er mit gemischten Gefühlen fest.

Kurz darauf kontrollierten sie das zweite Zelt. Dort bot sich ihnen ein ähnliches Bild. Allerdings fand Mark zwischen einem Paar zusammengerollter Socken ein

Plastiktütchen. »Was haben wir denn da?«, sagte er mehr zu sich selbst.

»Drogen?«, fragte Carina und verzog wütend das Gesicht. »Offenbar haben diese Jugendlichen ihre eigene Methode, der *Natur* nahe zu sein.«

Mark kroch aus dem Zelt und betrachtete die Tüte im Tageslicht. Sie enthielt vier kleine Tabletten, auf denen das Gesicht einer grinsenden Ratte aufgedruckt war.

»Vermutlich Ecstasy«, spekulierte er laut.

»Da wird dann wohl jemand Ärger bekommen«, ließ sich Carina zu einer Bemerkung hinreißen.

»Sehen wir uns noch das dritte Zelt an«, beschloss Mark, und wieder wanderte der Strahl von Carinas Taschenlampe in das aus Nylonwänden geschaffene Schlafabteil.

Überrascht blickte Mark auf die fünf Handys, die auf einem Schlafsack verteilt lagen.

»Die haben ihre Telefone hiergelassen. Das ist wirklich ungewöhnlich«, reagierte er, und die Sorgen, die er sich bisher gemacht hatte, vervielfachten sich gerade.

»Vielleicht steht deren Ausflug unter dem Motto *Digital Detox*. Man hört das doch ständig. Die Menschen müssen sich digital entgiften, verzichten deshalb einige Tage auf das Smartphone, um sich dann wieder wie die Besessenen darauf zu stürzen.« Die Art, wie sie das sagte, ließ keinen Zweifel daran, dass sie der übermäßigen Nutzung von Handys in der Freizeit kritisch gegenüberstand.

Mark erwiderte zunächst nichts, sondern nahm ein Telefon nach dem anderen in die Hand. Sie waren ausgeschaltet. Als er sie startete, hatten drei einen Passwortschutz, eines benötigte einen Daumenabdruck, und beim letzten schien der Akku leer zu sein.

»Womöglich hat der Betreuer seinen Schützlingen Handyverbot erteilt, aber würde er auch sein eigenes zurücklassen? Angenommen, es passiert etwas, er ist doch dann in der Verantwortung, Hilfe zu holen.«

»Das kann er im Wald allerdings vergessen. Bereits zwei Meter hinter dem Zeltplatz hat man mit Handys keinen Empfang mehr. Das festzustellen, ist keine Wissenschaft. Ohne Funkgerät ist man da verloren«, erinnerte ihn die Försterin.

»Aber würde man die Handys dann einfach im Zelt liegen lassen und es einem potenziellen Dieb so einfach machen?«

Carina zuckte mit den Schultern. »Womöglich gehen die davon aus, dass unsere befähigten Polizisten Diebe auf Abstand halten.«

Mark, der sich aufrichtete, sah die Försterin mit einem Lächeln an. »War das etwa ein Scherz?«, fragte er gut gelaunt. »Dann ist das heute eine echte Premiere.«

Carina schien mit einem Mal aus dem Konzept gebracht, murmelte: »Womöglich bin ich viel amüsanter, als Sie denken.« Damit drehte sie ihm den Rücken zu und setzte sich in Bewegung Richtung Blockhütte, in der es Duschen und WCs gab, eine kleine Küche und einen Aufenthaltsraum.

Der Polizist folgte ihr und hatte das Gefühl, sich entschuldigen zu müssen, aber Carina ließ ihm dazu keine Gelegenheit, sondern rüttelte an der Tür. »Abgeschlossen, die haben den Schlüssel vermutlich zum Wandern mitgenommen, so wie es sein sollte.«

Mark nickte, er kannte das Prozedere. Wer auf den Zeltplatz wollte, musste sich im Rathaus melden, bezahlte dort eine geringe Gebühr sowie eine Kaution und erhielt einen Schlüssel für die Blockhütte. Im Sommer war der kleine Campingplatz meist ausgebucht. Allerdings wurden nicht mehr als zehn Zelte gleichzeitig dort geduldet. Jetzt im Januar waren Camper eine absolute Ausnahme.

»Scheint so weit alles in Ordnung«, schlussfolgerte Carina, »bis auf die Drogen natürlich«, fügte sie ernst an.

»Ja, es sieht tatsächlich so aus, als wäre die Gruppe gerade auf einer Wandertour. Hoffen wir, dass sie nicht zur Blutschlucht unterwegs gewesen sind.«

»Ich wollte sowieso dorthin, Sie können mich gerne begleiten«, schlug Carina vor. »Wird höchste Zeit, dass ich dort nach dem Rechten sehe.«

Mark ließ sich nicht zweimal bitten, und so stiegen sie kurz darauf den Berg hinauf.

. . .

Der Weg war sehr steil und gutes Schuhwerk absolute Voraussetzung. Dazu kam noch, dass Carina vorschlug, ein Stück quer durch den Wald zu marschieren.

»Wenn es Ihnen nichts ausmacht«, erklärte sie, »sparen wir eine halbe Stunde, aber falls Sie ungeübt sind, nehmen wir weiter die öffentliche Route.«

Marks Stolz ließ es natürlich nicht zu, die Abkürzung auszuschlagen. Allerdings hatte er sich etwas überschätzt. Zwar war er sportlich und hielt sich selbst für fit, aber das Tempo, mit dem ihn Carina durch das Dickicht führte, ließ irgendwann seine Oberschenkel brennen. Er fühlte sich bald wie gejagtes Wild, atmete schwer und hatte zudem längst die Orientierung verloren.

»Unglaublich«, sagte er schließlich keuchend, als sie wieder auf den Weg gelangten, »Sie sind doch noch nicht lange hier, und dennoch kennen Sie solche Schleichwege.«

Seine Bewunderung war ehrlich, und offenbar freute sich Carina über die Anerkennung. »Ich hatte ein Jahr, um mich einzuleben«, gab sie jedoch bescheiden Antwort. »Außerdem verbringe ich die meiste Zeit des Tages im Wald. Und …« Mit einem Lächeln, das ihr Gesicht weich und verletzlich erschienen ließ, fügte sie noch an: »Mein Vorgänger hat mir viele Dinge verraten, auch einige inoffizielle Abkürzungen.«

Mark lachte, und während der letzten Meter drehte sich das Gespräch um den Wald und seine

Geheimnisse, wobei Mark das Gefühl hatte, seine Begleiterin würde langsam auftauen.

Allerdings änderte sich die Stimmung sofort, als sie den Weg über der Schlucht erreichten.

»Scheiße«, stieß Mark entsetzt hervor, als er vorsichtig in den Abgrund spähte.

Die Blutschlucht lag tief unter ihm. Um zur gegenüberliegenden Seite zu gelangen, schienen nicht mehr als einige große Schritte notwendig, aber das täuschte natürlich. Zudem vergrößerte sich der Abstand stetig. Immer wieder brachen Steinbrocken ab und fielen in die Tiefe. Es fehlte hier oben an Bäumen und Sträuchern, die mit ihrem Wurzelwerk das Erdreich festhalten konnten. Deshalb war der Boden über dem Abhang Wind und Wetter, Erosionen und auch Beeinträchtigungen durch den Menschen schutzlos ausgeliefert. Steinschläge waren nicht ungewöhnlich, allerdings hatte es dieses Mal weit mehr weggerissen als nur ein paar größere Brocken.

»Um Gottes willen«, kommentierte Carina das fehlende Stück Boden. »Das war ein heftiger Felssturz. Wir müssen einen Geologen bitten, sich das einmal anzusehen, bevor wir den Bereich für die Touristen wieder freigeben.«

Mark hörte ihr nur mit halbem Ohr zu. Er hatte sich schon gedacht, dass der Schaden groß war, schließlich war das Donnern der niedergehenden

Steinmassen bis ins Dorf zu hören gewesen, aber seine Aufmerksamkeit galt gerade etwas anderem. Unbehaglich stand er am Rand des abgerissenen Erdreichs.

Carina hinter ihm rief: »Bitte seien Sie vorsichtig, womöglich rutscht noch mehr weg!«

Mark nickte, ließ dennoch seinen Blick nach unten wandern. Das unangenehme Ziehen in den Beinen und das Verkrampfen seines Magens erinnerten ihn daran, dass er kein Freund von großen Höhen war. Die Schlucht bildete nur einen schmalen Spalt, und mangelndes Tageslicht ließ sie daher wie ein tiefes, dunkles Loch erscheinen; auf Luftbildaufnahmen wirkte sie geradezu unauffällig.

Mark betrachtete die kantigen Felsvorsprünge unter sich. Er spürte einen Schauder, der jedoch nicht von der unheimlichen Stille, den vorbeiziehenden Nebelfetzen oder dem unangenehmen Nieselregen verursacht wurde. Was den Polizisten erschreckte, war vielmehr das, was auf einem der Felsvorsprünge lag. Es handelte sich um einen Rucksack, blau mit gelben Streifen, und er wusste noch genau, wo er diesen schon einmal gesehen hatte.

Carina, immer noch mit warnenden Worten, rief erneut: »Geh zurück, der Boden ist nicht sicher.« Sie war ins *Du* gefallen, ohne es zu bemerken.

»Da waren Menschen«, sagte Mark nun heiser. Sein Blick hatte nicht nur den Rucksack, sondern auch einen grauen Anorak und einen einzelnen Turnschuh erfasst. Er holte tief Luft und machte einen Satz zurück, beeilte sich, wieder auf ungefährlichen Grund zu gelangen. »Da waren Menschen«, wiederholte er betroffen.

Carina sah ihn zunächst so an, als hätte sie nicht verstanden, und erwiderte: »Menschen?«

»Ja, vermutlich die Wandergruppe vom Zeltplatz«, wurde er hektisch. »Wir müssen sofort die Rettungskräfte verständigen.«

3

Zur gleichen Zeit

Arnold Frey betrat mit nassen Haaren das Esszimmer, er kam gerade aus der Dusche. Wie so oft saß sein Vater Eberhard am Fenster und blickte hinaus.

Eine Mitarbeiterin des ambulanten Pflegediensts nickte Arnold zu und erhob sich. »Er hat etwas gegessen, ich gehe dann jetzt.«

»Morgen, Papa«, sagte Arnold wie nebenbei zu dem Fünfundachtzigjährigen, von dem er keine Antwort erwartete. Ein Schlaganfall und sein stetig schwindendes geistiges Vermögen hatten aus Eberhard Frey einen Pflegefall gemacht.

Arnold hatte es aufgegeben, den Vater zu betrauern, ohnehin war ihr Verhältnis nie besonders eng gewesen. Eberhard Frey war das, was man vor fünfzig Jahren als harten Hund bezeichnet hätte. In Goldeisental eine Berühmtheit, Gemeinderatsmitglied, Bürgermeister und stolzer Besitzer eines Sägewerks. Ein Macher, ein Alpharüde. Arnold kannte all diese maskulinen Attribute, die man seinem Vater sicherlich zu Recht zugewiesen hatte, und fragte sich wieder einmal, was ihm das am Ende nun nützte.

»Ich muss ins Sägewerk, die arbeiten sonst nicht, die faulen Säcke«, gab Eberhard nun aufgeregt von sich und blickte zu Arnold.

Wie gewöhnlich wirkte der Ältere in diesen Momenten völlig klar, aber nach drei Jahren Hoffen und Bangen wusste Arnold, dass einzelne zusammenhängende Sätze kein Zeichen für eine Besserung seines Zustandes waren.

»Ach, ist der immer noch da?«, fragte Arnolds Frau, als sie ins Zimmer trat. Ihr genervter Tonfall bezog sich auf Eberhard. »Ich kann nicht essen, wenn der im Raum ist, das ist unappetitlich«, fügte Sophia Frey an.

Arnold wusste, was von ihm erwartet wurde, und so brachte er seinen Vater aus dem Zimmer. Sie hatten ihm im Erdgeschoss Räume eingerichtet, obwohl Sophia auf eine Heimunterbringung drängte.

»Versager, elender Versager«, beschimpfte Eberhardt Frey seinen Sohn mit schleppender Stimme, als der sich von ihm verabschiedete. Auch das war der zweiundfünfzigjährige Arnold bereits gewohnt.

Zurück im Esszimmer hatte sich Sophia gelangweilt darangemacht, den Tisch zu decken. Sich selbst bereitete sie einen Obstsaft zu, während sie Arnold Brot, Wurst und Butter hinstellte. »Warst du etwa draußen, bei dem Wetter?«

»Ein bisschen Nordic Walking, du weißt doch, was der Arzt gesagt hat. Ich soll mich mehr bewegen«, erklärte er.

»Ärzte wissen auch nicht alles«, entgegnete sie desinteressiert, fügte dann aber noch an: »Du weißt, dass ich Schweißgeruch hasse. Untersteh dich also, deine Sportsachen im Bad liegen zu lassen.«

»Die Waschmaschine läuft bereits«, antwortete er schnell, damit nicht schon beim Frühstück ein Streit vom Zaun brach.

Sie lenkte ein. »Ich danke dir, aber«, kam sie zurück zu Arnolds Vater, »bitte sorge dafür, dass ich den Alten morgens nicht ertragen muss.«

»Herrgott, er ist mein Vater, und du warst doch einverstanden, dass er im Haus bleibt«, reagierte Arnold müde.

»Aber nur, weil es uns ein Vermögen kosten würde, ihn ins Heim zu geben. Selbst die ambulante Pflege frisst einem die Haare vom Kopf. Man sollte doch meinen, dass du dir als Bürgermeister so etwas leisten könntest. Wenn du das Sägewerk nicht unter Wert verkauft hättest, würden wir finanziell viel besser dastehen.«

»Wie oft denn noch?«, wurde Arnold nun ungeduldig. »Die Firma war verschuldet und hätte mich irgendwann ruiniert. Mein Vater war bei Weitem nicht so ein guter Geschäftsmann, wie er immer tat. Am Ende hat er Fehler begangen, nicht modernisiert und Schulden gemacht. Das, was noch vom Verkauf übrig ist, reicht uns, wenn wir umsichtig sind und nicht alles für Unsinn verschwenden, bis ins hohe Alter. Vorausgesetzt, uns bleiben die Heimkosten für Papa erspart.«

Sie seufzte geräuschvoll, schloss das Thema damit ab und erklärte spitz: »Angie und ihr Mann verbringen Fasching in Österreich in Ischgl, obwohl Kalli nur Dachdecker ist.«

»Wir verbringen Fasching in Goldeisental, ich bin der Bürgermeister und habe Pflichten. Außerdem hat Kalli eine eigene Firma und verdient ausgezeichnet.«

Sie sah ihn ärgerlich an, aber noch bevor sie etwas erwidern konnte, fragte Arnold lauernd: »Wo warst du eigentlich gestern Abend?«

Einen kurzen Augenblick lang kam Sophia ins Straucheln, dann fasste sie sich wieder und griff nach dem Stück Brot, das er sich gerade mit Schinken belegt hatte.

»Zu Hause, wo denn sonst?«

»Als ich angerufen habe, hast du nicht abgenommen, weder das Festnetz noch dein Handy.«

»Kontrollierst du mich?«, schnauzte sie ungehalten. »Also schön, ich war noch bei Angie und *danach* zu Hause, um genau zu sein. Du hattest doch deine Gemeinderatssitzung, da muss ich ja nicht den ganzen Abend mit diesem senilen Tattergreis herumhocken.«

»Das verlange ich doch gar nicht, aber du kannst mir wenigstens sagen, wenn du dich mit Angie triffst«, versuchte er seine Frau milde zu stimmen.

»Du magst sie nicht, deshalb vermeide ich es, ihren Namen zu erwähnen«, gab sie flapsig zurück. »Dieses ständige Herumgehacke auf meiner Freundin nervt mich eben, deshalb erzähle ich dir nichts von unseren Treffen.«

»Tut mir leid«, lenkte Arnold ein, kam allerdings nicht umhin zu fragen: »Und wieso bist du nicht ans Telefon?«

»Hatte es auf stumm geschaltet, wir wollten ungestört quatschen.«

Arnold Frey betrachtete seine Frau verstohlen. Er war verrückt nach ihr, würde ihr die Sterne vom Himmel holen, war sich mittlerweile aber längst darüber im Klaren, dass das eine sehr einseitige Zuneigung war. Dabei hatte alles so vielversprechend angefangen. Vor acht Jahren auf der Kreuzfahrt für Singles. *Alles wundervolle Damen* hatte man ihm versprochen. Er hatte sich darauf eingelassen. Immerhin wollte er nicht ewig Junggeselle bleiben, noch dazu als Bürgermeister. Da war es schon besser, eine Frau an der Seite zu haben. Ihm war es nie leichtgefallen, sein Herz jemandem gegenüber zu öffnen. Natürlich hatte er Beziehungen gehabt, auch längere, aber die letzte Frau, die er für die Liebe seines Lebens gehalten hatte, war eines Tages ausgezogen. Begründung: *Du bremst mich aus.* Heute lebte sie mit Mann, zwei Kindern und Hund in Reutlingen.

Sophia war ihm auf dem Schiff sofort aufgefallen, sie hatte eine unglaubliche Präsenz gehabt und alles in sich vereint, was er sich von einer Partnerin nur wünschen konnte. Zudem sah sie gut aus. Auch heute mit ihren dreiundvierzig Jahren wirkte sie wie eine Mittdreißigerin. Nur leider hatten sie sich bald nach der Hochzeit nicht weiter angenähert, sondern vielmehr entfremdet. Getrennte Schlafzimmer, weil sie sein Schnarchen nicht ertragen konnte, wenige gemeinsame Unternehmungen, angeblich, weil er nie Zeit hatte, und kaum noch Zärtlichkeiten.

Sophia angelte sich grazil ein weiteres Stück Brot von seinem Teller und schnappte: »Wenn wir gerade dabei sind – wo warst du eigentlich so lange? Als ich ins Bett ging, warst du jedenfalls noch nicht da.«

»Befürchtest du, dass ich eine andere Frau treffe?«, fragte er spontan, bereute jedoch seine Direktheit sofort, als Sophia in schallendes Gelächter ausbrach.

»Ich kann mir da nur eine vorstellen, die infrage kommt.« Sie lachte höhnisch. »Nein, ich nehme wirklich nicht an, dass du dir von Lisbeth Holder in deinem Amtszimmer den Arsch versohlen lässt.« Sie kicherte, und Arnold war verletzt.

Er hätte sich ein wenig Eifersucht von ihrer Seite gewünscht. Trocken erwiderte er deshalb: »Ich hatte nach der Sitzung noch einiges aufzuarbeiten.«

Plötzlich legte ihm Sophia die Hand auf den Arm.

»Mein armer Schatz«, säuselte sie überraschend liebevoll. »Sei nicht eingeschnappt, das war doch nur ein Witz. Aber apropos Sitzung, wie lief es denn gestern wegen des Bauantrags vom Schierbach?«

Arnold sah seine Frau überrascht an. »Seit wann interessiert dich die Gemeindepolitik?«

»Ich bin immerhin so etwas wie die First Lady, natürlich interessiert mich das. Die Leute sprechen mit mir, tragen mir ihre Anliegen vor.« Etwas gereizt fügte sie an: »Aber wenn dir nicht daran gelegen ist, dass ich deine Wähler bei Laune halte …«

Sofort widersprach er, erfreut, dass Sophia sich engagierte. »Doch, natürlich.«

»So eine Appartementanlage würde Goldeisental erheblich aufwerten«, fuhr Sophia fort.

»Manche behaupten, das wäre ein Wohnblock, der die Landschaft verschandelt.«

»Ich bitte dich, der Schierbach baut Luxusappartements für hochkarätige Käufer. Womöglich haben wir bald internationale Berühmtheiten hier. Das belebt den Tourismus und kommt allen zugute.«

»Promis bedeuten Verantwortung. Wer soll denn für deren Sicherheit sorgen, wenn verrückte Fans hier auftauchen? Und wenn wir am Ende Straßen sperren müssen, um deren Schutz zu garantieren, dann werden sich die ansässigen Gastwirte und Geschäftsleute sicherlich nicht bedanken.«

»Ach«, stieß sie übertrieben theatralisch hervor.

»Wenn, wenn, wenn … Du bist ein Miesmacher. Das warst du immer schon. Anstatt die Chance zu erkennen, ist dein Motto: *Bloß kein Risiko eingehen, nur nichts Großes schaffen, immer schön unauffällig in der Mitte schwimmen.*«

Arnold ärgerte sich über den Vorwurf, und obwohl er nicht streiten wollte, erwiderte er gereizt: »Frau Holder erhält jeden Tag Anrufe von besorgten Bürgern, die sich gegen die Appartementanlage vom Schierbach aussprechen, so eine große Chance scheint mir die Gemeinde darin also nicht zu sehen. Der Einzige, der davon profitiert, ist der Schierbach selbst. Vermutlich hat er dir seine glühenden Anhänger geschickt, um dich zu manipulieren.«

Sophias Augen blitzten wütend. »Niemand manipuliert mich. Aber wie steht es mit dir? Vielleicht flüstert dir dein geschätzter Vorzimmerdrachen Lisbeth Holder nur Unfug ins Ohr. Vermutlich sagt die dir lediglich das, was du hören willst.«

»Wenigstens eine«, entgegnete Arnold bockig.

In diesem Augenblick klingelte sein Diensthandy, und Sophia gluckste vor Vergnügen, als sie säuselte: »Wenn man von der Teufelin spricht. Aber lass es dir gesagt sein, Schierbachs Appartements sind eine Chance für Goldeisental – und für dich.«

4

Über der Blutschlucht

Erst drei Stunden nach der Entdeckung durch den Polizeihauptmeister Mark Ehmann konnte der Hubschrauber die Schlucht überqueren, um nach möglichen Absturzopfern Ausschau zu halten. Aufkommender Wind und die Unzugänglichkeit des Geländes erschwerten den Rettungskräften die Arbeit. An einen Abstieg war jedenfalls nicht zu denken.

»Der Boden ist völlig instabil«, klärte sie der Leiter der Bergrettung auf. »Der Geologe sagt, wir müssen womöglich mit weiteren Felsstürzen rechnen. Momentan können wir da jedenfalls nicht runter.«

Der Bürgermeister Arnold Frey stand frierend neben Mark Ehmann und Carina Weisenberg. »Jedenfalls haben Sie sehr gut reagiert«, lobte er die beiden. »Und Sie sind sicher, dass Sie den Rucksack mit den gelben Streifen erkannt haben?«, hakte der Bürgermeister noch einmal beim Polizeihauptmeister nach.

»Der gehört einem der Jugendlichen aus der Gruppe«, bestätigte der Polizist.

»Furchtbar«, murmelte Arnold und wirkte sehr betroffen. »Ich habe ja immer noch die Hoffnung, dass die Gruppe irgendwo anders hin ist und unversehrt wieder auftaucht. Dass es eine harmlose Erklärung dafür gibt, warum der Rucksack hier gefunden wurde …« Er sah geistesabwesend in die Ferne.

»Ehrlich gesagt geht es mir genauso«, erwiderte Mark mitfühlend, »ich schlage deshalb vor, dass wir den Wald durchsuchen. Vielleicht hat sich die Gruppe getrennt oder der Rucksack lag im Zelt, wurde gestohlen und anschließend vom Dieb in der Schlucht entsorgt. Noch sollten wir keine endgültigen Schlüsse ziehen.«

Mark war nicht wirklich überzeugt von seinen Worten, das konnte Carina erkennen, als sie ihm einen verstohlenen Blick zuwarf. Der Fund des Rucksacks, der einzelne Turnschuh und der Anorak ließen eigentlich keinen anderen Schluss zu, als dass hier ein tragischer Unfall geschehen war.

Sie standen ein ganzes Stück entfernt vom Abhang und ließen die Bergretter ihre Arbeit erledigen. Den Rucksack und die Kleidungsstücke konnten die Helfer nicht bergen, aber an der Felswand – keinen Meter unter der Stelle, an der das Gestein am Morgen weggebrochen war – hatte sich etwas anderes verfangen. Schließlich gelang es der Mannschaft, den Gegenstand zu sichern.

Eilig brachten sie den Fund zu Mark.

»Hier«, erklärte der Bergretter, »eine Bauchtasche.« Er übergab sie dem Polizisten, vermutlich weil er annahm, dass der zur Öffnung befugt war.

Angespannt zog Mark den Reißverschluss auf. Zunächst entdeckte er den Schlüssel für die Blockhütte. Alle Exemplare, die im Umlauf waren, hingen an einem Anhänger, der das Logo von Goldeisental zeigte – eine Tanne und eine Spitzhacke. Dann entdeckte er noch einen Schlüsselbund und einen Geldbeutel. Als er den Personalausweis aus einem der vielen kleinen Fächer zog, erkannte er darauf sofort den Betreuer der vier Jugendlichen wieder, dem er noch am Vortag begegnet war. Obwohl das seine Befürchtungen bestätigte und ihn deshalb nicht überraschen sollte, bemerkte er, dass er plötzlich das Gefühl hatte, ihm würde die Luft wegbleiben. Erneut versetzte ihn der Gedanke an die toten Menschen, die wahrscheinlich unter all dem Geröll lagen, in Panik. Was, wenn einer von ihnen noch lebte? Womöglich über sich den Hubschrauber kreisen hörte, aber weder die Möglichkeit hatte, sich laut genug zu erkennen zu geben, noch die Chance, gerettet zu werden? Das Rettungsteam hielt eine Bergung momentan für ausgeschlossen. Es war die Hilflosigkeit, die Mark erzittern ließ.

»Oh Gott«, stieß Arnold Frey neben ihm hervor. »Das ist der Betreuer.« Er betrachtete den Ausweis und las den Namen des Mannes ab: »Dennis Bankert, dreißig Jahre«, fügte er noch an, nachdem er das Geburtsjahr registriert hatte. »Wie tragisch«, schloss er kopfschüttelnd.

»Ich verstehe es nicht«, fing sich Mark wieder und legte ungläubig die Stirn in Falten. »Wieso ging er zur Schlucht? Ich habe ihn ausdrücklich davor gewarnt.«

»Ach ja?«, reagierte Arnold Frey interessiert.

»Ja«, antwortete der Polizist. »Ich habe ihm gesagt, dass die Route oberhalb der Schlucht zu dieser Jahreszeit zu gefährlich ist. Vor allem, wenn die Felsen nass sind. Ich sagte ihm, dass es zwar entsprechende Warnschilder gibt, aber dass er gut beraten wäre, sich von dort fernzuhalten.«

Die Uhr drehte sich für Mark um einen Tag zurück. Er stand wieder auf dem gepflasterten Rathausvorplatz und beobachtete die vier Jugendlichen und Dennis Bankert, dessen Namen er gestern allerdings noch nicht gekannt hatte. Es sah nach Streit aus, deshalb hielt es Mark als Polizist für seine Pflicht, sich zu kümmern. Von Weitem hatte es so gewirkt, als würde Bankert von den Jugendlichen bedroht, doch beim

Näherkommen erkannte Mark, dass der Mann sein jüngeres Gegenüber gerade zur Rede stellte.

»Aber das ist meines«, beklagte sich der Jugendliche, der durch seine hell gefärbten Haare aus der Gruppe hervorstach. Er musste ungefähr fünfzehn Jahre alt sein.

Als der Polizist sich nun einmischte, blickten ihn die Jungen argwöhnisch an, und er hörte einen von ihnen abfällig murmeln: »Die Bullen sind auch schon da.«

Die Beleidigung wurde von Bankert mit einem scharfen »Halt dich besser zurück« und einem warnenden Blick sanktioniert, bevor Mark hätte reagieren können.

»Ist alles in Ordnung?«, fragte der Polizeihauptmeister daraufhin und sah sich die Jugendlichen genauer an.

Verschlossene, ablehnende Gesichter, die ihn vermuten ließen, dass sie alle in der Vergangenheit bereits Probleme mit dem Gesetz beziehungsweise den Gesetzeshütern gehabt hatten.

»Wir sind uns nicht immer einig, was höfliches Verhalten angeht, aber die Angelegenheit ist bereits geklärt«, sagte der Betreuer in strengem Tonfall, reichte dem Ältesten der Gruppe einen Schlüsselbund und gab seine Anweisungen. »Noah, du gehst mit den anderen zu meinem Wagen. Holt die Rucksäcke und den Proviant, wir starten gleich Richtung Zeltplatz.«

»Es wird regnen«, gab Noah zu bedenken, und auch die anderen nickten bockig.

»So was soll vorkommen«, antwortete Bankert gelassen und fügte mit einem Grinsen an: »Angst um deine Frisur?«

»Haha, sehr witzig«, bemühte sich Noah, besonders cool zu reagieren, während der mit den weiß gefärbten Haaren meckerte: »Ich will mein Eigentum zurück.«

»Ich händige es dir an deinem achtzehnten Geburtstag aus, und jetzt holt die Rucksäcke«, blieb der Betreuer unnachgiebig.

Die Jungs trotteten davon, nicht ohne entsprechende unflätige Bemerkungen zu machen, die sowohl Bankert als auch der Polizeihauptmeister geflissentlich überhörten.

»Ich würde gerne behaupten, dass es gute Jungs sind, aber bis dahin haben wir leider noch einen langen Weg vor uns«, erklärte der Betreuer ohne Scheu. »Keine Eltern, dafür schlimme Erfahrungen und die falschen Freunde.«

»Sicher keine leichte Aufgabe«, entgegnete Mark verständnisvoll.

»Es hilft ihnen, sich Herausforderungen zu stellen. Campen, Wandern und die raue Witterung werden die Gemüter abkühlen.«

»Verstehe«, erwiderte Mark, fragte aber dennoch: »Und was hat es mit dem Eigentum des Jungen auf sich?« Entschuldigend erklärte er noch: »Ich muss bei so etwas nachfragen.«

Bankert zog einen kleinen Gegenstand aus der Jacke. Ein typisches Schweizer Taschenmesser mit einer kurzen Klinge, Schere, Zahnstocher und einer Nagelfeile, auf dessen Schaft ein misslungenes *E* eingeritzt war. »Leider war Eric der Meinung, damit herumfuchteln zu müssen. Das dulde ich nicht«, weihte der Mann den Polizisten ein.

Die Jungen kamen zwischenzeitlich zurück, und Noah, der jetzt einen Rucksack mit gelben Streifen auf dem Rücken trug, reichte dem Betreuer die Autoschlüssel, während der das Taschenmesser wieder in seiner Jacke verschwinden ließ, um weitere Diskussionen zu vermeiden.

»Hier ist es voll kalt«, meckerte Eric mit den weißen, in die Höhe stehenden Haaren, die ihn zusammen mit der blassen, fast schon durchsichtigen Haut wie einen Geist aussehen ließen.

»Wir werden uns die nächsten zwei Tage viel bewegen, da wird euch schon warm werden«, hatte ihn Bankert daraufhin abgefertigt und Anweisung zum Aufbruch gegeben.

Mark erinnerte sich, wie er den Mann zurückgehalten und nach seinen geplanten Wanderrouten gefragt hatte.

Als der Name *Blutschlucht* gefallen war, hatte er ihm von dem Weg abgeraten.

Dennis Bankert hatte den Hinweis dankbar angenommen und entgegnet: »Gut zu wissen, dann meiden wir diese Gegend. Es ist auch schon ohne steile

Abgründe schwierig genug, die vier zu beaufsichtigen.« Bankert hatte dem Polizisten dankbar zugelächelt, sich verabschiedet und war dann mit schnellen Schritten seinen Schützlingen gefolgt.

»Und wie hat er auf Ihren Ratschlag reagiert?«, riss das Nachhaken des Bürgermeisters Mark aus seiner Erinnerung. »Das könnte bei eventuellen Haftungsfragen eine Rolle spielen«, fügte Arnold Frey noch an.

Carina, die bisher schweigend dabeigestanden hatte, schnalzte verächtlich mit der Zunge. »Bürokraten«, kam es wenig charmant über ihre Lippen.

»Hören Sie«, erwiderte Arnold mit gesenkter Stimme. »Mir gefällt es nicht, den Amtsschimmel zu besteigen. Aber sicher wird es eine Untersuchung geben, also ist es mir als Bürgermeister lieber, ich kann sagen, dass wir den Mann gewarnt haben, als mir anhören zu müssen, dass wir an dessen Tod und dem seiner Schützlinge schuld sind. Wird für die Angehörigen dann schon schwierig genug werden.«

Die fragenden Blicke von Carina und Mark ließen ihn im Flüsterton erklären: »Womöglich wird man diesem Dennis Bankert die Schuld am Tod von vier Minderjährigen geben, wenn man erfährt, dass er die Warnungen eines Polizisten in den Wind geschlagen hat. Eventuell wird man seine Kompetenz anzweifeln.

Und jetzt stellen Sie sich vor, Sie wären der Ehepartner von Dennis Bankert. Wie würde es Ihnen gefallen, wenn man den Menschen, der Ihnen auf so tragische Weise genommen wurde, nun auch noch beschuldigt, mit dem Leben von Kindern gespielt zu haben?«

»Es war ein Unfall«, mischte sich Carina vehement ein. »Wir müssen das doch nicht ausbreiten«, fügte sie empört an.

»Das liegt nicht in unserer Hand«, entgegnete der Bürgermeister bedauernd. »Wie es aussieht, steht es in den Sternen, ob die Leichen jemals geborgen werden können. Das heißt, es werden Verfahren anlaufen, um die Unfallopfer für Tod erklären zu lassen. Wenn wir schon von Bürokratie sprechen, dann warten Sie das einmal ab. Da wird einiges auf die Gemeindeverwaltung zukommen. Man wird Befragungen durchführen und dabei sollten wir ehrlich antworten.« Er lächelte milde, wandte sich nochmals an Carina und sagte: »Aber es ehrt Sie, dass Sie einen Toten nicht verunglimpfen möchten.« Man rief nach dem Bürgermeister, und er verabschiedete sich mit einem Nicken.

»Frey hat recht«, ergriff Mark das Wort, nachdem der Bürgermeister sich ein Stück entfernt hatte. »Ich kann kaum verschweigen, dass ich Bankert gewarnt habe, auch wenn ich mir nicht vorstellen kann, warum er dann dennoch die Route zur Blutschlucht genommen hat.«

5

Am übernächsten Morgen im Rathaus von Goldeisental

Lisbeth Holder vernahm das Klopfen. Wie gewöhnlich legte die Fünfundfünfzigjährige eine verbissene Miene auf. Sie tat nun schon lange Dienst im Vorzimmer des Bürgermeisters. Angefangen hatte sie vor fünfunddreißig Jahren und einige Amtsinhaber erlebt, auch Frey senior. Als sich dessen Sohn Arnold dann für das Amt beworben hatte, war sie eine seiner engagiertesten Wahlhelferinnen gewesen.

Lisbeth hatte ihre Arbeit immer schon gemocht, das Rathaus war ihr Zuhause und ihre Familie. Natürlich war Goldeisental nur eine kleine Gemeinde, dennoch war Lisbeth stolz darauf, so viele Einwohner persönlich zu kennen, denn jeden führte der Weg irgendwann einmal in seinem Leben ins Rathaus. Die wenigen Kollegen, meist Teilzeitkräfte, verhielten sich Lisbeth gegenüber immer respektvoll, man behandelte sie wie eine Vorgesetzte, was sicher auch daran lag, dass sie diejenige war, die die meiste Verantwortung übernahm. Außerdem scheute sie sich nicht davor, einzuspringen, wenn sie außerhalb des Sekretariats gebraucht wurde. Das Rathaus und damit ihren Chef Arnold Frey im besten Licht erscheinen zu lassen, war ihr oberstes Ziel.

Als nun nach ihrem mäßig freundlichen »Herein« der Polizeihauptmeister Mark Ehmann eintrat, entspannten sich ihre Züge. Da sie stets mit dem Erscheinen eines beschwerdewilligen Bürgers rechnete, behielt sie sich zunächst eine reservierte Haltung vor. Jetzt jedoch lächelte sie sanft und rief erfreut: »Herr Ehmann«, nur um im nächsten Augenblick weniger euphorisch anzufügen: »Es ist doch nicht wieder etwas Schreckliches passiert?«

Mark mochte Lisbeth, auch wenn er sich über ihre altjüngferliche Art amüsierte. Heutzutage waren Frauen Mitte fünfzig doch nicht mehr dazu verdammt, wie Großmütter auszusehen.

»Immer noch das gleiche Unglück«, erklärte er müde und fragte: »Ist der Bürgermeister da?«

Sie nickte, sagte geschäftsmäßig: »Moment bitte«, und nahm den Hörer in die Hand, um den Polizisten anzukündigen.

»Gehen Sie hinein«, forderte sie ihn kurz darauf

auf, nicht ohne den Hinweis: »Aber nicht zu lange, er hat in einer halben Stunde einen Termin mit dem Tourismusverband Goldeisental.«

»Ich werde mich beeilen«, versprach Mark und verschwand ins Amtszimmer des Bürgermeisters.

Als eine Minute später bei Lisbeth das Telefon klingelte – Arnold Frey leitete seine Anrufe für gewöhnlich auf ihren Apparat um –, hörte diese mit einer gewissen Befriedigung, dass Sophia Frey ihren Mann Arnold zu erreichen versuchte.

»Tut mir leid, er ist gerade in einer wichtigen Besprechung, kann ich etwas ausrichten?«, blieb Lisbeth zwar freundlich, genoss es aber, Sophia damit zu verärgern.

»Er geht nicht an sein Handy, und ich muss ihn dringend sprechen.«

Lisbeth konnte sich ein süffisantes Grinsen nicht verkneifen. Vermutlich hatte Arnold das Handy noch auf stumm geschaltet und vergessen, das rückgängig zu machen. Ernst wiederholte sie jedoch: »Soll ich denn etwas ausrichten?«

»Sagen Sie ihm, dass die Pflegerin meines Schwiegervaters zwei Stunden früher nach Hause gegangen ist, wegen ihres kranken Kindes.«

»Ach je«, gab sich Lisbeth mitfühlend. »Sagen Sie Herrn Frey senior schöne Grüße von mir«, fügte sie noch unschuldig an.

»Sagen Sie lieber meinem Mann, dass er jemanden schicken soll, ich habe einen Friseurtermin.«

»Natürlich, ich werde es ihm sofort ausrichten, wenn er aus der Besprechung kommt, aber ich weiß nicht, wann das sein wird«, entgegnete Lisbeth kühl.

»Hören Sie«, brauste Sophia auf, »dann gehen Sie da rein und richten ihm aus, er soll mich anrufen, sofort. Das ist doch Ihr Job, oder etwa nicht?«, kam sie in Fahrt. »Mein Mann ist schließlich nicht der Präsident der Vereinigten Staaten. Also, was für eine wichtige Besprechung kann er schon haben? Und bestellen Sie ihm, dass ich ganz bestimmt nicht die verkackte Windel seines Vaters wechseln werde.« Damit beendete Sophia das Gespräch, und Lisbeth sah sich in ihrer Meinung über die Gattin ihres Chefs wieder einmal bestätigt.

Zur gleichen Zeit führten Mark Ehmann und Arnold Frey eine Diskussion über die verunglückte Gruppe unter Dennis Bankerts Aufsicht.

»Die Sache scheint zum Glück schnell zum Abschluss zu kommen«, teilte der Bürgermeister seine Informationen mit dem Polizisten. »Vor allem, nachdem die Suchtrupps gestern die Umgebung gewissenhaft durchkämmt haben und niemanden finden konnten. Unsere Aussagen sind ebenfalls gemacht, die entsprechenden Behörden werden sich um alles Weitere kümmern. Das Heim, in dem die Kinder lebten, wurde informiert. Offensichtlich waren die vier in einer Außenwohngruppe in Achern bei

Baden-Baden untergebracht. Dennis Bankerts Frau hat man ebenfalls verständigt.«

»Mir lässt es keine Ruhe, dass er trotz meiner Warnung mit seiner Gruppe zur Blutschlucht ist«, erklärte sich Mark und starrte dabei geistesabwesend auf das Goldeisentaler Logo, das fast die ganze Wand hinter dem Schreibtischsessel des Bürgermeisters einnahm.

Die Tanne und die Spitzhacke, eine Erinnerung an die Zeit, als an den Hängen des Goldeisentals noch Bergbau betrieben worden war. Obwohl die Vorkommen längst erschöpft und die Mineneingänge zugeschüttet und von Pflanzen überwuchert waren, erschienen jedes Frühjahr Abenteurer und Hobbymineralogen, um nach Goldadern zu suchen. Und jedes Jahr mussten der Polizeihauptmeister und seine Kollegen dafür sorgen, dass keiner von denen abstürzte oder sich verlief. Seit Mark den Polizeiposten leitete, war es nie zu irgendwelchen Unfällen gekommen, vermutlich fiel es ihm deshalb so schwer, den Absturz von Dennis Bankert und den Jugendlichen zu akzeptieren.

Arnold Frey erhob sich von seinem Stuhl und kam um den Schreibtisch herum. Er war nicht besonders groß, hatte keine trainierte Figur, sogar einen kugeligen Bauch und ein teigiges Gesicht, das ihn gutmütig erscheinen ließ. Sicherlich ein Grund, warum ihn die Bürger von Goldeisental mochten und wiedergewählt hatten. Manche hielten ihn zwar für zu weich, aber einig war man sich darüber, dass er stets ein Ohr für seine Einwohner hatte. Mark teilte diese Ansicht ebenfalls, deshalb hatte er auch das Gespräch mit dem Bürgermeister gesucht.

Der setzte sich nun auf die Tischkante und seufzte laut. »Offiziell heißt es einfach, dass es ein Unfall war. Ich denke, das ist eine Version, mit der seine Familie leben kann. Dabei sollten wir es belassen.«

»Das hört sich so an, als könnte es noch einen anderen Grund dafür geben, warum er die Route genommen hat?«, erwiderte Mark irritiert und sah sein Gegenüber erwartungsvoll an.

Der Bürgermeister schien mit sich zu ringen, sagte dann unbeholfen: »Lassen Sie es auf sich beruhen.«

Aber Marks entschlossener Blick signalisierte dem Oberhaupt von Goldeisental, dass er das nicht konnte.

»Also schön«, gab der sich geschlagen, »ich habe den Mann erlebt, er war hier im Rathaus, zusammen mit seinen Schützlingen. Die haben sich nicht gerade anständig verhalten. Im Souvenir-Shop hat einer versucht, eine Flasche Mirabellenschnaps zu klauen. Frau Holder war anwesend und hat mich verständigt. Als ich dazukam, wurden die Jugendlichen frech, regelrecht unverschämt, auch mir gegenüber, einer sprach sogar Drohungen aus. Dann erschien Dennis Bankert, und als er erfuhr, was geschehen war, entschuldigte er sich.«

»Warum haben Sie mich nicht verständigt?«, fragte Mark automatisch.

»Weil ich daraus keine große Sache machen wollte und er mich außerdem darum gebeten hatte. Jedenfalls«, erzählte er seine Geschichte weiter, »habe ich noch beobachtet, wie er im Flur ziemlich ausgeflippt ist und die Jugendlichen ordentlich beschimpft hat. Er war richtig wütend.«

»Verständlich«, warf Mark ein, der sich an den Vorfall vor dem Rathaus erinnerte und auch daran, dass er die Geschichte mit dem Taschenmesser nicht erwähnt hatte. Zuerst hatte er sie vergessen, zu viele andere Dinge waren ihm gestern durch den Kopf gegangen, und dann war sie ihm auch nicht wichtig erschienen, denn im Gegensatz zu den Drogen war der Besitz des kleinen Taschenmessers weder strafbar noch verwerflich.

Offensichtlich war der Bürgermeister im gleichen Maße zurückhaltend gewesen, denn der vertraute sich nun Mark an. »Sicher, das habe ich auch ausgesagt. Was ich allerdings für mich behalten habe – ich fand das etwas …« Er suchte nach dem richtigen Wort und entschloss sich, den Ausdruck »unprofessionell« zu verwenden. »Ich meine, als Betreuer müsste er doch solche Situationen gelassener meistern. Ich dachte wirklich, der verteilt gleich Prügel.«

»So schlimm?«, hakte Mark überrascht nach. Er hatte Dennis Bankert für durchaus besonnen gehalten, aber vielleicht hatte der bei ihrer Begegnung nur so gewirkt, weil er seine Wut bereits zuvor im Rathaus ausgelebt hatte.

»Ich kann das nicht wirklich beurteilen, deshalb habe ich das auch niemandem erzählt. Aber die Möglichkeit besteht natürlich, dass er aufgewühlt und zornig die Sicherheit der ihm anvertrauten Kinder vernachlässigt hat und das Bedürfnis verspürte, ihnen Angst einzujagen.«

»Und sie deshalb an einen gefährlichen Abgrund geführt hat?«, beendete Mark die Spekulationen seines Gegenübers.

»Ich weiß«, seufzte der und erhob sich von der Tischkante, »das klingt absurd, und ich denke auch nicht, dass das zutrifft. Viel realistischer ist doch, dass er gar nicht die Absicht hatte, sich dorthin zu begeben, und sich einfach verlaufen hat.«

Mark nickte bedächtig. »Natürlich, daran habe ich ehrlich gesagt noch gar nicht gedacht.«

Arnold Frey lächelte verständnisvoll. »Es ist normal, dass wir nach einem Grund suchen, wenn junge Menschen plötzlich und unter tragischen Umständen sterben. Allerdings sind wir manchmal auch gezwungen, ohne Erklärungen auszukommen. Unfälle passieren eben leider. Aber wenn wir jetzt anfangen herumzustochern und den Anschein erwecken, Dennis Bankert hätte grob fahrlässig gehandelt, dann findet sich bestimmt jemand, der liebend gern im Dreck wühlt, um sich zu profilieren oder die Karriereleiter nach oben zu steigen. Und selbst, wenn Bankert aus Wut eine falsche Entscheidung getroffen hat, sollte man ihm das posthum wirklich vorwerfen? Gewiss wollte er niemanden töten. Und denken Sie an die Drogen, die Sie im Zelt der Jungen gefunden haben. Momentan hält man ihn da raus, doch wenn irgendwer an ihm zweifelt, dann behaupten die am Ende noch, es wären seine Pillen gewesen. Zum Glück ist bislang keinem daran gelegen, den Mann zu verunglimpfen. Wir sollten deshalb mit Spekulationen umsichtig umgehen.«

»Natürlich, zumal wir keinerlei Hinweise für irgendwelche schädigenden Absichten von Dennis Bankert haben«, stimmte der Polizist zu.

»Eben, ich möchte einfach nur vermeiden, dass Gerüchte aufkommen.« Frey lächelte gutmütig und sagte schließlich: »Sie müssen sich keine Vorwürfe machen. Sie haben den Mann über die Gefahren informiert, mehr konnten Sie wirklich nicht tun.«

Mark wollte noch etwas erwidern, da öffnete sich nach einem zaghaften Klopfen die Tür. Lisbeth Holder hatte Sophia etwas schmoren lassen, aber jetzt war es Zeit zu reagieren.

Entschuldigend, fast schon demütig, wandte sie sich an ihren Vorgesetzten: »Herr Bürgermeister, Sie müssten zu Hause anrufen. Ihre Frau hat sich gemeldet, es gibt Probleme mit der Pflegekraft.«

Arnold unterdrückte einen Fluch und griff zum Telefon, während er den Polizisten mit einem kurzen Gruß verabschiedete.

* * *

Mark war schon fast aus dem Vorzimmer von Frau Holder, als er sich noch einmal umdrehte. »Könnten Sie mir zeigen, wo genau dieser Zwischenfall mit dem Jugendlichen stattfand, der den Schnaps stehlen wollte?«

»Möchte Herr Frey, dass ich Ihnen das zeige?«, fragte sie misstrauisch.

Mark wunderte sich über die Frage und wich einer direkten Antwort aus, indem er entgegnete: »Reine Routine, um die Angelegenheit zum Abschluss zu bringen.«

Sie nickte und folgte Mark in den Flur. Der kleine Souvenir-Shop lag neben dem Eingang. Im Moment arbeitete dort eine gelangweilte Praktikantin, die in einer Zeitschrift blätterte.

»Um diese Jahreszeit verkaufen wir kaum Andenken«, klärte ihn Lisbeth auf. Sie sah missbilligend zu der lesenden jungen Frau, unterließ jedoch eine Bemerkung. Flüsternd an Mark gewandt fügte sie an: »Normalerweise ist der Shop im Januar nicht ständig besetzt. Wenn jemand etwas kaufen will, kann er klingeln. Ich höre das dann im Büro und komme. Aber da wir gerade eine Praktikantin haben und wir nicht wissen, wohin mit der, hat sie heute den Laden zu betreuen.«

»Ich könnte genauso gut nach Hause gehen«, meckerte die jetzt, als Frau Holder mit dem Polizisten eintrat.

Die Sekretärin des Bürgermeisters rollte zwar mit den Augen, hatte aber Erbarmen. »Sicher, dann bis morgen, da kannst du mit dem Bürgermeister zu einer Ortsbesichtigung, also feste Schuhe und eine Regenjacke.«

»Ja, klar«, antwortete die Praktikantin und beeilte sich, aus der Tür zu kommen.

Lisbeth seufzte. »Die hat keinerlei Ehrgeiz, und vermutlich wird sie morgen auch die richtige Kleidung vergessen. Am besten, ich bringe ihr meine Gummistiefel mit.«

Mark fand das eine sehr mütterliche Haltung und sagte: »Das ist wirklich nett von Ihnen.«

»Tja, wir waren ja alle mal jung und undiszipliniert«, entgegnete sie spontan.

»Haben Sie deshalb darauf verzichtet, mich zu verständigen, als diese Jugendlichen sich danebenbenommen haben? Immerhin war das versuchter Ladendiebstahl.«

Lisbeth winkte ab. »Die haben das nicht wirklich machen wollen. Die ganze Zeit hat der mit dem weißen Kopf gerufen: ›Hey, wir klauen ’ne Flasche Schnaps!‹, dann sah ich, wie die tatsächlich eine einstecken wollten. Alles sehr auffällig, als legten sie es darauf an, erwischt zu werden. Das war reine Provokation. Trotzdem musste ich den Chef verständigen, was hätte ich sonst machen sollen?«, fügte sie schulterzuckend an.

»Und was ist dann passiert?«

Lisbeth zögerte, so als wollte sie nicht weitersprechen, dann jedoch erwiderte sie mit fester Stimme: »Das, was ich auch den Ermittlern erzählt habe, die den Unfall untersuchen. Die wurden frech, regelrecht unverschämt und sprachen sogar Drohungen aus. Dann erschien Dennis Bankert, und als er erfuhr, was geschehen war, entschuldigte er sich und bat uns, von einem Anruf bei der Polizei abzusehen.«

»Haben Sie auch die Auseinandersetzung zwischen dem Betreuer und den Jugendlichen auf dem Flur mitbekommen?«

»Nein, ich blieb im Laden und habe überprüft, ob vielleicht doch noch etwas fehlt. Ich wusste ja, dass die Gruppe zum Zeltplatz unterwegs war. Wenn die mir etwas geklaut hätten, wäre das einfach von deren Kaution abgezogen worden.«

Mark hatte seinen Blick ein letztes Mal durch das kleine Geschäft schweifen lassen, bevor er sich von Lisbeth verabschiedete.

Er befand sich bereits auf dem Weg zum Polizeiposten, als der Bürgermeister in seinem PKW an ihm vorbeifuhr. Offensichtlich hatte es der Mann eilig, denn an der Ampel gab er Gas, um noch bei Gelb durchzukommen. Danach schlug er den Weg zu seinem Haus ein, was Mark vermuten ließ, dass die Probleme mit der Pflegekraft wohl nicht telefonisch zu lösen gewesen waren.

6

In der Nacht

Auch wenn Paul das nicht für möglich gehalten hatte, war er eingeschlafen. Vermutlich hatte die Erschöpfung dazu beigetragen und jetzt, wieder wach, wünschte er sich unbedingt zurück ins Reich der Träume. Denn obwohl in seinem Gefängnis eine eisige Kälte herrschte, er durchnässt war, weil er seine Blase hatte entleeren müssen, als es nicht mehr anders möglich gewesen war, und er vor Hunger eine regelrechte Übelkeit empfand, war der Schlaf das einzige Mittel, dieser grausamen Realität zu entkommen. Immer noch an den Leichnam gefesselt zu sein, war dabei das Schlimmste. Paul spürte den toten Körper in seinem Rücken und den Schädel des anderen, der nach hinten gekippt war und nun schwer auf Pauls linker Schulter lastete. Je mehr er versuchte, sich davon zu befreien, desto mehr schien sich die Leiche an ihn zu schmiegen.

Plötzlich zuckte der Junge zusammen. Er konnte es hören, da war es wieder, das schreckliche Geräusch. Ein eigentümliches Kratzen, verursacht vom scharfen Stahl der Spitzhacke, die man langsam über die Wände gleiten ließ. Dabei glich der Ton, der entstand, im Wechsel dem Zerbröseln trockener Brötchen und dem schrillen Quietschen eines Schlüssels, der ruckartig über Autolack geführt wurde. Aber es waren nicht die Töne allein, die Paul in Angst und Schrecken versetzten, sondern vielmehr die Ankündigung, die damit verbunden war – und diese lautete: *Es wird einen weiteren Mord geben*.

Der Zwölfjährige zitterte und bemühte sich längst nicht mehr, die Tränen zurückzuhalten. Das Klebeband hinderte ihn am Schreien, seine Augen jedoch hatte man ihm nicht verbunden.

Offenbar war gewollt, dass er alles beobachtete, dass er zusah, wie ein weiterer seiner Gruppe das Leben verlor.

»Wen nehme ich mir denn heute vor?«, hörte er die Worte, die mit freundlicher Stimme gesprochen wurden.

»Oh Gott, nein!«, schrie Paul unter seinem Knebel, aber nur ein undeutliches Gemurmel drang davon nach außen.

Im nächsten Moment bohrte sich die Spitzhacke

tief in seinen Oberschenkel. Er hoffte mehr auf die Ohnmacht, als dass er sie fürchtete. Die Spitze wurde zurückgerissen, und Paul fühlte, wie sein Herz vor Anstrengung ins Stolpern kam. Das Gefühl, eine glühende, lange Nadel wäre ihm in die Hüfte gestochen und bis zur Schulter nach oben durchs Fleisch geschoben worden, hielt an.

Vielleicht sterbe ich jetzt, dachte der Zwölfjährige, *und vielleicht ist es schnell vorbei.*

Nur zu gut hatte er noch die Schreie von Eric in Erinnerung.

Warmes Blut lief an seinem Schenkel entlang, für einen Augenblick war es angenehm, aber dann begann erneut das Zittern, dieses Mal nicht nur aus Angst. Paul fühlte sich krank. Die Spitzhacke wurde über den Boden gezogen. Schlurfende Schritte begleiteten das Kratzen, und Paul sah, wie der gefesselte Junge, der am Felsen lehnte und dessen Namen er vergessen hatte, das Gesicht vor Angst verzerrte. Grob wurde dem nun das Klebeband vom Mund gerissen.

»Bitte nicht«, stotterte er verzweifelt, dann schrie er um Hilfe, und am Ende rief er völlig aufgelöst: »Herr Bankert!« Offenbar erwartete er eine Antwort des Betreuers, doch die folgte nicht.

In der nächsten Sekunde traf ihn die Spitzhacke direkt zwischen den Augen. Der Todesschrei des Jungen war weder schrill noch laut, eher glich er einem kurzen, jammervollen Seufzer, in dem scheinbar sogar ein wenig Erleichterung darüber mitschwang, dass es schnell vorbei war. Zwar zuckte sein Leib jedes Mal, wenn der Pickel auf ihn einstach, aber Schmerzensschreie folgten keine. Selbst als die Spitzhacke niederprasselte wie ein Regenguss aus tausend scharfen Skalpellen, alle dazu bestimmt, möglichst großen Schaden anzurichten, blieb das Opfer stumm.

Bald riss die Bauchdecke auf, quollen Eingeweide hervor, verfingen sich an der Hacke und bildeten schließlich eine schmierige Decke, die sich auf dem toten Körper des Jungen gemächlich ausbreitete. Dann war die Raserei vorbei.

Wieder roch Paul das Blut, doch dieses Mal hatte er den Tod auch gesehen und den Irrsinn, mit dem er herbeigeführt worden war. Paul hatte keine Ahnung, wer noch am Leben war, aber er ahnte auch so, dass ihm heute lediglich etwas mehr Zeit gegönnt worden war – denn wer sollte ihn retten? Zumindest war das in den letzten zwölf Jahren noch nie irgendwem gelungen.

7

Am Morgen brach Mark mit der Försterin Carina Weisenberg erneut zur Blutschlucht auf. »Ich weiß nicht, was du damit erreichen willst«, bemerkte diese ungeduldig. »Die fünf sind tot, lass sie doch in Frieden ruhen.«

»Ich will nur wissen, ob es möglich ist, sich so zu verlaufen, dass man, obwohl man *nicht* zur Blutschlucht möchte, trotzdem dort landet. Deshalb werde ich überprüfen, ob ausreichend Wegweiser aufgestellt sind.«

Carina gab einen undefinierbaren Laut von sich. »Da können Hunderte von Wegweisern stehen, verlaufen kann man sich trotzdem. Ich hatte einmal eine Freundin, die hat sich überall und ständig verlaufen. Einmal musste ich mit ihr in einem Parkhaus bis Ladenschluss warten, weil sie ihr Auto nicht mehr gefunden hat. Es gibt Menschen, die haben null Orientierungssinn.« Sie sah ihn direkt an, blieb sogar stehen. »Spielt es denn wirklich eine Rolle, warum die bei der Schlucht waren? Ob Dennis Bankert nun deine Warnung nicht ernst genommen oder sich einfach verlaufen hat, ist doch egal. Weißt du, wie oft Steinschläge von Wanderern ausgelöst werden? Wir haben doch keine Ahnung, ob die Jugendlichen nicht irgendwelchen Blödsinn gemacht haben. Stell dir vor, die stehen alle an der Kante, rempeln sich an oder machen Mutproben. Wer geht am weitesten nach vorne, wer lehnt sich über den Rand … Der Boden war offensichtlich instabil, der Felsen bereits anfällig. Wir hatten starke Regenfälle, dann war es sehr kalt. Der Geologe hält es für denkbar, dass Eis oder Wasser in den Felsspalten Druck verursacht hat, der schließlich dazu führte, dass massive Risse entstanden und sich das Gestein zu lösen begann. Wenn dann noch von außen etwas auf den Stein eingewirkt hat, zum Beispiel das Gewicht einer fünfköpfigen Gruppe, und die den Boden unbeabsichtigt in Schwingung gebracht hat, ist der Felssturz unvermeidlich gewesen.«

»Wir haben Warnschilder, niemand soll sich direkt am Abgrund aufhalten«, widersprach Mark.

»Sag das mal vier Teenagern mit überschüssigem Testosteron«, gab Carina bitter Antwort. »Selbst wenn Dennis Bankert seine Schützlinge entsprechend instruiert hat, warum hätten die ihm gehorchen sollen?«

»Vielleicht hätte ich massiver eingreifen müssen?«,

sprach Mark seine Sorge endlich aus. »Ich fühle mich schuldig, denke, ich hätte es verhindern können.«

»Du trägst keine Verantwortung, so etwas kann man nicht verhindern, es sei denn, wir sperren den Wald, dann gibt es keine Abstürze, keine herunterfallenden Äste, keine Wurzeln, über die man stolpern kann, oder Menschen, die sich verlaufen«, murmelte Carina gereizt, und der Polizist hatte das Gefühl, etwas Falsches gesagt zu haben.

»Ich wollte dich nicht verärgern. Falls ich das habe, tut es mir leid.«

Sie winkte ab, setzte sich wieder in Bewegung und erwiderte lapidar: »Nein, alles in Ordnung.«

Den Rest der Strecke beschränkte sich die Unterhaltung allerdings darauf, dass Carina ihren Begleiter auf sämtliche aufgestellte Wegweiser aufmerksam machte, die zum einen Aufschluss über die Wanderrouten gaben und gleichzeitig auch als Warnhinweise dienten, wenn es um die Blutschlucht ging. Als sie oben ankamen, war die Absturzstelle weiträumig gesperrt. Der Wind hatte an Geschwindigkeit zugelegt, und starke Böen zerrten an ihren Kleidern.

»Wir sollten schnellstmöglich umkehren, wenn du hier fertig bist«, riet Carina, »das wird im Laufe des Tages sicher noch heftiger.«

Mark willigte ein.

Später bei ihrem Abschied sagte er: »Ich muss mich wohl damit abfinden, dass sich die Gruppe entweder trotz meiner Warnung oder versehentlich zur Schlucht begeben hat.«

»Menschen sind meist dümmer, als man denkt«, antwortete ihm Carina daraufhin und er glaubte weiterhin, sie wäre sauer auf ihn, denn sie stieg schließlich ohne Gruß in ihren Wagen und fuhr davon.

* * *

Obwohl Mark sich gegenüber Carina einsichtig geäußert hatte, blieb das Gefühl, dass etwas nicht stimmte. Deshalb bat er seine Kollegin Gabriele Veit, am Nachmittag die Stellung zu halten, weil er angeblich etwas Privates erledigen musste. Er wollte vorerst für sich behalten, dass er einen Ausflug nach Bühl geplant hatte, um die Frau von Dennis Bankert zu besuchen. Ihre Adresse hatte er vom Personalausweis des Toten notiert. Aus den Akten wusste er außerdem, dass Emilia dreißig Jahre und ausgebildete Erzieherin war.

Dennoch nahm er an, er würde sie zu Hause antreffen, womöglich war sie nicht allein, aber das würde ihn nicht stören. Als er jetzt den kleinen Kreisverkehr im Zentrum von Bühl erreichte, musste er abrupt bremsen. Fußgänger und Radfahrer überquerten die Straße, wobei einige ziemlich unachtsam vor seinen Wagen sprangen. Offenbar hatten auch gerade die Schulen geendet, denn Busse kämpften sich um die engen Kurven und blockierten die anderen Autos. Mark atmete tief durch. Sein Navigationsgerät hatte ihn zu spät abbiegen lassen, jetzt befand er sich schon wieder kurz vor dem Ortsausgang. Vielleicht sollte er das als Zeichen verstehen und sein Vorhaben abbrechen. Aber als die weibliche Stimme ihm die nächsten Anweisungen gab, folgte er, und schließlich stellte er seinen Wagen auf das obere Deck eines Parkplatzes nahe der Fußgängerzone.

Als er ausstieg, wehte ihm ein kalter Wind entgegen. Er hatte in der Ebene mit angenehmeren Temperaturen gerechnet, aber offenbar blieb heute keine Höhenlage von dem frostigen Wetter verschont. Mit eiligen Schritten stieg er die Treppe nach unten und überquerte den Johannesplatz in Richtung der Adresse von Emilia Bankert. Die Cafés und Bistros hatten geöffnet. Die Menschen saßen hinter den bodentiefen Fenstern im Warmen, während die Stühle und Tische der Außenbereiche übereinandergestapelt in einer Ecke verwaisten.

Emilia Bankert fragte über die Gegensprechanlage, wer da sei.

Mark hatte sich lange überlegt, wie er seinen Besuch rechtfertigen sollte, und sich schließlich für die Wahrheit entschieden. »Es tut mir leid, Sie zu stören. Mein Name ist Mark Ehmann, ich bin Polizist in Goldeisental.«

Sie sagte nichts, und er fuhr unsicher fort: »Ich habe Ihren Mann kurz vor dem Absturz kennengelernt, und es tut mir unendlich leid«, brach es plötzlich aus ihm heraus. »Ich konnte es nicht verhindern«, fügte er noch an und kam sich plötzlich völlig fehl am Platz vor. Er wollte nur noch weg, setzte bereits zu einer Verabschiedung an, da hörte er den Türsummer und Emilia, die sagte: »Die Treppe bis ganz nach oben.«

Kurz darauf trat er in die Wohnung. Emilia trug eine weite Jogginghose und einen dicken Herrenpullover, vermutlich gehörte der ihrem Mann. Sie war eine hübsche Frau, jedoch vom Kummer gezeichnet. Ihre Augen verweint, die Nase rot vom vielen Schnäuzen, die Haare ungekämmt.

»Möchten Sie einen Tee?«, fragte sie fahrig, und er nickte, folgte ihr in die Küche und beobachtete, wie sie mit zittrigen Händen zwei Tassen aus dem Schrank nahm.

Ihm fiel auf, dass auf dem Tisch bereits ein Becher mit Teebeutel und dampfendem Wasser stand.

Sie schien sich nun ebenfalls daran zu erinnern und begann zu weinen, so als wäre sie über die eigene Vergesslichkeit erschüttert, aber natürlich galten die Tränen ihrem verunglückten Mann.

»So geht es mir seither dauernd«, schluchzte sie, »ich fange eine Sache an und breche mittendrin ab, ohne es zu bemerken. Es ist, als hätte ich die Fähigkeit verloren, irgendetwas zu Ende zu bringen.«

»Setzen Sie sich«, schlug Mark vor. »Ich mache den Tee.«

Sie schlurfte zum Stuhl und sackte regelrecht auf ihm zusammen. »Er fehlt mir so«, begann sie leise zu weinen, »ich bin doch verloren ohne ihn. Er hätte mich nie alleine gelassen, niemals.«

Was auch immer sich Mark von dem Gespräch erhofft hatte, war nun nebensächlich, denn plötzlich hatte er das Gefühl, einen gewaltigen Fehler begangen zu haben. Er schämte sich, denn sein Egoismus hatte ihn hierhergebracht. Ihm sollte ein Gespräch mit Dennis Bankerts Frau helfen zu verstehen, warum der so leichtsinnig gewesen war. Am Ende, so gestand sich Mark ein, war es ihm nur um die Beruhigung seines Gewissens gegangen. Aber jetzt, in der Küche mit der verzweifelten Emilia, wurde ihm klar, wie unbedeutend seine Empfindungen waren.

»Es tut mir so unendlich leid«, wiederholte er unbeholfen.

»Sie haben ihn noch nicht gefunden«, flüsterte Emilia, »womöglich sollte ich die Hoffnung nicht aufgeben. Was, wenn er irgendwo im Wald ist, seinen Wanderausflug verlängert hat? Dennis kann sehr spontan sein.«

Mark verkniff es sich, darauf hinzuweisen, dass man ihn dann schon längst gefunden hätte. Er erwähnte auch nicht die Bauchtasche, den Rucksack mit den gelben Streifen, den Anorak oder den Turnschuh. Schwieg auch über die zurückgelassenen

Zelte und die Unwahrscheinlichkeit, dass ein Betreuer mit Jugendlichen einfach so, ohne Rücksprache mit seinen Vorgesetzten, einen Ausflug um Tage verlängerte. Tragischerweise könnte es gut möglich sein, dass Emilia Bankert nie Gewissheit haben würde. Denn es war illusorisch anzunehmen, dass man sämtliche in die Schlucht gestürzten Steinmassen nach den darunter verschütteten Körpern durchsuchen würde. Weder gab es dazu das geeignete Gerät noch die entsprechenden geologischen Voraussetzungen. Allenfalls einige Brocken könnten eventuell von oben beiseite geräumt werden, um die Leichen zu finden.

»Ich werde ihn niemals für tot erklären lassen.«

Mark nickte verständnisvoll, verspürte auch jetzt nicht den Drang, die Frau darüber aufzuklären, dass das womöglich unvermeidbar werden könnte, alleine schon aus Versicherungsgründen.

»Wenn er als vermisst gilt, besteht doch noch Hoffnung?«, wandte sie sich mit tränenverhangenem Blick erneut an ihr Gegenüber. »Sie müssen nicht antworten«, sagte sie schnell und schnäuzte sich.

Mark stellte die Teetassen auf den Tisch, setzte sich. Einige Minuten herrschte ein bedrückendes Schweigen, dann fragte Emilia um Beherrschung bemüht: »Wann haben Sie meinen Mann das letzte Mal gesehen?«

»Kurz bevor er mit den Jungs zum Zeltplatz aufgebrochen ist«, erwiderte Mark wahrheitsgemäß.

»Wie ging es ihm da?«, fragte sie nach und sah ihn

dabei durchdringend an, so als beobachtete sie seine Züge, um gegebenenfalls eine Lüge zu erkennen.

»Es ging ihm gut«, entgegnete Mark mit belegter Stimme.

»Kein Ärger?«, hakte sie misstrauisch nach. »Es hieß, es hätte Probleme im Souvenir-Shop gegeben.«

»Ihr Mann schien mir deshalb nicht aus dem Konzept gebracht«, erklärte Mark ausweichend.

Wieder entstand eine Pause. Mark nippte am heißen Tee. Der Kamillengeschmack erinnerte ihn an seine Kindheit. Immer wenn er krank gewesen war, verabreichte ihm die Großmutter, bei der er aufgewachsen war, einen heißen Kamillentee. Früher hatte er das Zeug gehasst. Aber heute, in diesem Moment, erinnerte ihn das sanfte Aroma an eine Kindheit voller Geborgenheit. Auch er war Waise gewesen, so wie die verschütteten vier Jungen, aber er hatte Großeltern gehabt und damit eine Familie.

»Er schien die Gruppe im Griff zu haben«, kam es ihm spontan über die Lippen.

»Ja.« Emilia lächelte schwach. »Er hat sie verstanden, hat selbst die hoffnungslosen Fälle übernommen.«

Mark verspürte plötzlich das Bedürfnis, mehr über den Mann zu erfahren, und fragte: »Waren das hoffnungslose Fälle, ging er deshalb mit denen zum Zelten?«

Emilias Blick wirkte misstrauisch. »Warum sind Sie noch mal hier?« Offenbar befürchtete sie, Mark wäre gekommen, um sie auszufragen, womöglich Beweise für irgendein Fehlverhalten ihres Mannes zu finden.

Er erinnerte sich an die Worte des Bürgermeisters, deshalb erklärte er: »Ich mache mir Vorwürfe. Ich habe Ihrem Mann von der Route zur Blutschlucht abgeraten. Er schien einsichtig, bedankte sich sogar. Womöglich war ich nicht deutlich genug oder …« Mark zuckte mit den Schultern, weil er selbst nicht wusste, wie er das, was ihn bedrückte, zum Ausdruck bringen sollte. »Ich bin Polizeihauptmeister, aber heute bin ich als Privatmann hier.«

»Sie denken, ich kann Ihnen Ihre Schuldgefühle nehmen?« Ihr Ton klang gereizt.

»Nein, so habe ich das nicht gemeint. Ich dachte nur, ich würde Ihren Mann besser verstehen, wenn ich mit Ihnen spreche.«

»Sie sind nicht offiziell hier?«, hakte sie immer noch zweifelnd nach.

»Nein, und vermutlich würden meine Vorgesetzten meinen Besuch auch nicht gutheißen. Wenn Sie sich beschweren möchten, steht Ihnen das selbstverständlich frei«, sagte er und stand auf. »Es tut mir leid, Sie gestört zu haben, ich sollte jetzt gehen.«

Er wandte sich zur Tür, doch Emilia hielt ihn zurück. »Warten Sie, setzen Sie sich.«

Mark blieb stehen.

»Bisher war niemand hier, der sich für Dennis interessiert hat. Die haben mir alle möglichen Fragen gestellt, aber keiner wollte wissen, wie er wirklich ist. Sie sind der Erste.«

Zögerlich setzte sich der Polizist.

»Dennis ist ein guter Mensch, und wenn Sie ihm von dem Weg abgeraten haben, dann hätte er ihn auch nicht genommen. Aber …« Sie rang mit sich, und Tränen liefen ihr über die Wangen, »diese Kinder sind für ihn mehr als nur ein Job. Er ist wirklich berufen. Und wenn die ihn gedrängt haben, den Weg zu nehmen, dann hätte er womöglich nachgegeben.«

Mark schämte sich für die Erleichterung, die er verspürte.

»Allerdings, wenn er Angst haben musste, dort könnte den Jungen etwas passieren, dann wiederum …« Sie brach ab, stammelte: »Ich weiß es nicht. Ich befürchte, ich kann Ihnen keine eindeutige Antwort geben, tut mir leid.«

Marks kurzes Gefühl, aus der Verantwortung zu sein, verschwand wieder.

»Wissen Sie, ich habe die gleiche Ausbildung wie Dennis, aber ich übe meinen Beruf nicht mehr aus«, erklärte Emilia.

Es war schwer zu beurteilen, ob sie wollte, dass er nachfragte. Mark entschied sich, es nicht zu tun, aber sie sprach bereits weiter. »Ich war anfangs genauso euphorisch wie er. Ich wollte die Kinder unbedingt retten. Ich arbeitete in einem Mädchenheim, keine Waisen, aber Kinder und Jugendliche aus schwierigen Familien. Ich war voller Tatendrang, wenn Sie so wollen. Vor drei Jahren gab es dann einen Vorfall. Eine Vierzehnjährige hat mich mit einem Messer angegriffen.« Ruckartig hob sie ihren Pullover. Quer über ihren Bauch zog sich eine breite, hässliche Narbe.

»Danach«, sagte Emilia rau, »danach war es mit meinem Enthusiasmus vorbei.« Sie lachte bitter auf. »Ich lag vier Wochen im Krankenhaus, anschließend Reha und Therapie, um meine Ängste zu überwinden. Ich brauchte weitere Wochen, um nicht panisch davonzurennen, wenn mir eine Gruppe Jugendlicher entgegenkam.«

»Das tut mir sehr leid«, reagierte Mark betroffen.

»Dennis hat mir durch diese Zeit geholfen. Während für mich klar war, dass ich nie wieder mit Jugendlichen arbeiten werde, hat ihn das seinen Beruf noch wichtiger nehmen lassen. Es war fast so, als hätte er sich dafür verantwortlich gefühlt. Er hat noch härter gearbeitet, sich noch mehr engagiert, vermutlich dachte er, so könne er Dinge dieser Art verhindern. Deshalb auch dieser Ausflug.«

Mark sah sie fragend an.

Emilia seufzte. »Wir haben natürlich über die Jugendlichen gesprochen, mit denen er gearbeitet hat. Die vier waren besonders heikle Fälle. Er hielt es für notwendig, sich intensiv um sie zu kümmern, deshalb der Ausflug. Nur er, die Jungs und die Natur. Sozusagen ein Bootcamp. Niemand außer ihm hätte so etwas gemacht, zumal da keine Prämien für rausspringen. Im Gegenteil, die Kollegen sind genervt, weil sie dahinter natürlich ein Einschmeicheln beim Chef vermuten, und der wiederum fühlt sich bevormundet und hält seinen Untergebenen für einen Besserwisser. Kampf an allen Fronten«, schüttete sie ihm weiter ihr Herz aus.

»Ist es zu viel verlangt, wenn ich Sie bitte, mir von den Jugendlichen zu erzählen? Ich habe die vier ja kurz erlebt. Einer schien so etwas wie der Anführer zu sein, weiße Haare …«

Emilia winkte ab. »Eric, typischer Lehrbuchfall. Opfer schwerer Kindesmisshandlung durch Mutter und Vater. Wenn man weiß, was die mit dem Jungen gemacht haben, dann hat man Mühe, sich nicht zu übergeben.«

»Das arme Kind«, murmelte Mark.

»Ja, das Mitleid, das lässt uns dann oftmals verkennen, dass aus dem ehemaligen Opfer bereits selbst ein Täter geworden war. Eric hat sich zu einem Tierquäler entwickelt, nicht minder grausam als seine Eltern. Er zeigte stets auffälliges, gewalttätiges Verhalten, denn als er mit zehn Jahren aus der Familie genommen wurde, war er bereits völlig kaputt. Seine Eltern haben sich mittlerweile … totgesoffen. Mein Mann ist der Einzige, der überhaupt an ihn rankommt. Ohne ihn wäre Eric verloren.« Sie blieb hartnäckig dabei, für ihre Beschreibungen die Gegenwartsform zu verwenden.

»Und die anderen?«

»Der Älteste ist Noah, nach seiner Geburt in der

Babyklappe gelandet. Der hat ständig mit Drogen zu schaffen, bereits zwei Suchttherapien hinter sich und hat es nur Dennis' Fürsprache zu verdanken, dass er noch nicht in eine geschlossene Einrichtung überstellt wurde. Einer der Jungs heißt Tim, der hat sich unter den Augen einer Nachbarin an einem jüngeren Kind vergangen. Als das Jugendamt informiert wurde, stellten die fest, dass die Pflegemutter als Prostituierte arbeitet und ihre Freier in der Wohnung empfangen hat, im Beisein von Tim.« Sie seufzte. »Und der Jüngste ist kurzfristig nach Achern gebracht worden. Da, wo er zuvor war, hat er Ärger gemacht. Am Ende wollte ihn keiner haben, außer eben Dennis. Offenbar hat dieses halbe Kind die Wohnung seiner Eltern niedergebrannt, und zwar als die darin geschlafen haben. Warum der Junge das getan hat, weiß niemand, denn er schweigt dazu.«

Mark riss die Augen auf. Er erinnerte sich an den Kleinsten der Gruppe, hätte das jedoch nie vermutet.

»Zwölf Jahre alt, sein Name ist Paul. Tja«, fuhr sie müde fort, »ein ewiger Kreislauf von Gewalt. Mein Mann versucht, den zu durchbrechen, um so etwas zu verhindern.« Sie deutete auf ihren Bauch, und Mark wusste, dass sie die Narbe unter dem Pullover meinte.

»Aber wenn die Jungs mit irgendwelchen Messern hantiert hätten, wäre er doch wahrscheinlich aus dem Konzept gebracht worden?«, fragte Mark vorsichtig und fühlte sich dabei unwohl, denn er wusste genau, dass diese Frage nicht der Privatmann, sondern der Polizist Mark Ehmann stellte.

»Das glaube ich nicht. Messer, Waffen ganz allgemein, sind leider öfter ein Problem, und Dennis konnte das gut handhaben. Und fragen Sie jetzt nicht, wie das überhaupt sein kann.« Emilia lachte bitter auf. »Meine Verletzung stammt von einem Brotmesser aus einem fünfundzwanzig Euro teuren Messerblock, der seit Jahren in der Heimküche gestanden hatte.«

Mark wollte das Thema eigentlich nicht weiter vertiefen, aber es war Emilia, die anfügte: »Nach dem Angriff hatte ich ständig Angst um ihn, dachte daran, wie man mich aus heiterem Himmel niedergestochen hat. Und jetzt …« Sie schluckte schwer, kämpfte gegen die Tränen und hauchte: »Und jetzt soll ich mich damit abfinden, dass er beim Wandern tödlich verunglückt ist.« Plötzlich sah sie Mark direkt an. »Gibt es noch Hoffnung, dass man ihn lebend findet?«

Für einen Augenblick war der Polizeihauptmeister versucht, etwas Tröstendes zu antworten, in der Art, dass man die Hoffnung nie aufgeben darf. Aber dann erkannte er, wie feige das war. Er räusperte sich und hielt ihrem Blick stand, als er entgegnete: »Ich wünschte, es wäre so.«

Zehn Minuten später befand sich Mark wieder auf der Straße. Er brauchte etwas Zeit, um den Kopf freizubekommen, und schlenderte trotz der Kälte durch den Bühler Stadtpark. Die Grünanlage war nicht besonders groß, auch wenn man sie liebevoll angelegt hatte, sodass er eine Weile im Kreis ging und sich bei dem Gedanken ertappte, dass das sinnbildlich für seine Grübeleien war. Schließlich machte er sich auf den Weg zu seinem Auto und fuhr zurück nach Goldeisental.

8

Im Polizeiposten begrüßte ihn seine Kollegin mit einem zufriedenen Lächeln. »Keine besonderen Vorkommnisse, bis auf die *Tännerin.*«

»Was gab es denn?«, fragte er müde.

»Sie wollte mit dir sprechen, wegen deiner Untersuchung bezüglich der Kupfergasse 12. Mehr hat sie nicht verraten, und ich frage mich jetzt natürlich, was ihr zwei da ausheckt.«

Mark stieß geräuschvoll die Luft aus. »Mist«, schimpfte er, »das hätte ich glatt vergessen.«

Gabriele wurde neugierig und hievte sich umständlich aus ihrem Stuhl. Auf dem Weg zu Marks Schreibtisch knabberte sie lustlos an einer Reiswaffel.

»Versuche, meinen Heißhunger zu kontrollieren«, erklärte sie knapp, als sie Marks überraschten Gesichtsausdruck wegen ihres Snacks bemerkte.

»Und funktioniert es?«, fragte er daraufhin amüsiert.

»Nicht wirklich, aber während ich mich darüber ärgere, wie langweilig das schmeckt, denke ich schon nicht an eine Schwarzwälder Kirschtorte.«

»Du schaffst das«, tröstete sie Mark mit einem Grinsen, und Gabriele erwiderte ungeduldig: »Biete du mir wenigstens einen mentalen Genuss, indem du mir erzählst, dass gegen die Kupfergasse 12 etwas vorliegt und wir Lisa Ziflen aus dem Dorf treiben können.«

»Ganz schön hart«, entgegnete Mark daraufhin.

»Einer von uns beiden muss das ja sein. Du bist viel zu gutmütig mit diesem *Miststück*«, konnte die Kollegin nicht an sich halten.

»Ich finde mich eben mit der Vergangenheit ab. Lisa soll ihr Leben leben und ich meines.«

»Die Schlampe hat dich vor dem Altar stehen lassen und ist mit irgendeinem Arschloch auf und davon.«

»Vermutlich besser so, sie war noch nicht bereit für eine Ehe.«

»Ich bitte dich«, brauste Gabriele auf. »Lisa war sechsundzwanzig und damals schon berechnend. Die hat genau gewusst, was sie tat. Und dann, nach sechs Jahren, taucht die Gute wieder hier auf, hat ein Kind dabei und lässt dich glauben, dass du der Vater bist.«

»Sie sagt, dass das nicht der Fall ist«, entgegnete Mark und dachte mit gemischten Gefühlen an den fünfjährigen Matteo.

»Natürlich ist das nicht der Fall. Die hat sich vom

Erstbesten schwängern lassen, direkt nachdem sie abgehauen ist. Vermutlich hat der sie zum Teufel gejagt, und jetzt sucht sie einen Versorger. Ich habe nachgerechnet, theoretisch könntest du der Vater sein. Dennoch wirst du der keinen Cent für das Kind bezahlen, bevor du nicht einen Vaterschaftstest hast machen lassen.«

»Ja, *Mama*«, witzelte Mark. »Der Junge ist nicht mein Kind, und Lisa interessiert mich nicht mehr.«

»Oh«, stieß Gabriele gespielt überrascht hervor. »Da wette ich mal, dass die liebe Lisa andere Pläne hat, sonst würde sie ja nicht ständig um dich herumschwänzeln.«

»Jetzt übertreib doch nicht. Wenn überhaupt, laufen wir uns zufällig über den Weg.«

»Zufälle, die Lisa arrangiert«, brummte Gabriele missmutig, »Ich bin schließlich Polizistin, ich kann Menschen beobachten. Und ich bin eine Frau und weiß genau, wie der Feind tickt. Deshalb kann ich dir versichern, dass die etwas von dir will. Aber das ist ja deine Angelegenheit.«

»Wirklich?«, antwortete Mark daraufhin schnippisch, während er auf seinem Schreibtisch die Unterlagen durchblätterte. »Und ich dachte schon, ich müsste mich deshalb vor dem Gemeinderat verantworten.« Noch bevor seine Kollegin darauf etwas erwidern konnte, rief er erleichtert: »Da ist er ja.«

Gabriele blickte ihm neugierig über die Schulter.

»Was ist das?«

»Ein Verkehrsrowdy, den ich überprüfen wollte und der regelmäßig am Haus der Tännerin vorbeifährt, Richtung Kupfergasse 12 zu Lisa.«

Sie riss ihm den Zettel aus der Hand. »Gib her, ich kümmere mich darum. Mal sehen, was sich da finden lässt. Mach du deine Runde durchs Dorf.«

Mark schätzte Gabrieles Engagement, wusste aber auch, dass das im Fall von Lisa eher der persönlichen Abneigung als dem Wunsch, ihn zu entlasten, geschuldet war.

Während er Richtung Rathaus marschierte, erinnerte er sich noch gut daran, wie es gewesen war, nachdem ihn Lisa einfach verlassen hatte.

Eine Notiz auf dem Tisch. *Es tut mir leid,* das war alles gewesen. Die Hochzeit wurde abgesagt, seine Großmutter hatte damals noch gelebt und ihn unterstützt, wo sie nur konnte. Der Wirt vom »Bergnest« hatte ihm lediglich die Selbstkosten für das Kalt-Warme-Buffet berechnet, die Band hatte ganz auf die Gage verzichtet, und die Leute im Ort, die ihn kannten, waren alle bemüht gewesen. Seither hatte er sich vorsichtig verhalten, wenn es um Beziehungen gegangen war. Flüchtige Episoden, die schon von vorneherein zum Scheitern verurteilt waren. Denn jedes Mal, wenn es ernst geworden wäre, hatte er die Flucht ergriffen.

Unwillkürlich dachte er an Carina Weisenberg. Überraschenderweise verhielt es sich mit ihr anders. Wegen ihr verspürte er das erste Mal wieder den Wunsch nach dauerhafter Nähe und Partnerschaft. Aber die Försterin schien ihrerseits kein Interesse zu haben, denn nach wie vor verhielt sie sich distanziert.

Er war schon auf dem Rückweg zum Polizeiposten, als er einen Falschparker in einer Feuerwehrzufahrt entdeckte. Der Fahrer eilte bereits herbei und entschuldigte sich vielmals.

»Sie wissen doch genau, dass Sie hier nicht parken dürfen«, ermahnte ihn der Polizeihauptmeister.

»Ich war nur ganz kurz beim Geldautomaten«, antwortete der Übeltäter atemlos, »es tut mir leid.«

»Wenn Sie das nächste Mal hier parken möchten, dann stellen Sie sich vor, Sie würden in einem brennenden Zimmer liegen. Und keiner wird Sie retten, weil die Feuerwehrzufahrt von einem PKW blockiert ist, dessen Fahrer mal eben irgendwo Geld holen will. Verbrennen ist *keine* schöne Art zu sterben«, sagte plötzlich jemand hinter Mark. Lisbeth Holder, die Sekretärin des Bürgermeisters, trat nun zu den beiden, und Mark sah deutlich, dass der Autofahrer versucht war, die Frau mit einer unflätigen Antwort zu beleidigen.

Allerdings ließ ihn die Anwesenheit des Polizisten schweigen und mit einem Grummeln ins Auto steigen.

»Dem hätte ich einen fetten Strafzettel verpasst«, regte sich Frau Holder auf.

Mark blieb gelassen und entgegnete: »Was dann vermutlich eine unschöne Bewertung im Internet zur Folge gehabt hätte, in der unser Bürgermeister als Regent einer kleinlichen Gemeinde tituliert worden wäre.«

Sie spitzte die Lippen, sodass sich lauter kleine Falten um ihren Mund bildeten. »So gesehen sind Sie umsichtiger als ich«, gab sie zu. »Ich hasse Ungerechtigkeit«, fügte sie noch leidenschaftlich an und verabschiedete sich.

Mark erreichte den Polizeiposten und konnte schon an Gabrieles breitem Grinsen erkennen, dass die etwas herausgefunden hatte.

»Siehst sehr zufrieden aus«, kommentierte er ihren Gesichtsausdruck. »Lass mich raten«, fuhr er fort, »entweder du hast gerade ein Stück Schwarzwälder Kirschtorte verdrückt oder etwas Interessantes über den Fahrer des PKWs herausgefunden.«

* * *

Zur gleichen Zeit

Paul schniefte. Er wusste nicht, wie lange er nun schon hier gefangen war. Lediglich dass er sich in einem ehemaligen Minenschacht befand, war ihm bekannt. Er sah die alten hölzernen Stützbalken, ansonsten nur Felswände. Die Baustellenlampen mit ihren starken Batterien erhellten weiterhin den höhlenartigen Raum. So erkannte er das Schimmern von Mineralien, auf das er sich konzentrierte, um nicht auf die Leiche ihm gegenüber blicken zu müssen.

Obwohl er sich fast nicht bewegen konnte, hatte er es durch eine verzweifelte ruckartige Drehung geschafft, den Kopf des toten Eric, der immer noch an ihn gefesselt war, von seiner Schulter zu stoßen.

Pauls Oberschenkel schmerzte, aber wenigstens schien die Wunde, die die Spitzhacke verursacht hatte, nicht mehr zu bluten. Merkwürdigerweise fühlte er sich müde und aufgeregt zugleich, es war ein schreckliches Gefühl – vor allem, weil er dazu verdammt war, mehr oder weniger reglos auszuharren.

Schlimme Bilder tauchten vor seinem geistigen Auge auf, Bilder, die er eigentlich nicht sehen wollte. Da waren lodernde Flammen, die in die Höhe schossen, heiß und gewaltig. Sie hatten eine unheimliche Faszination auf Paul ausgeübt, und er hatte sie beobachtet, wie sie den hinteren Teil der Wohnung regelrecht erobert hatten, gleich einem unaufhaltsamen Reiterheer, das in Feindesgebiet stürmte. Da hinten lag das Schlafzimmer der Eltern, er hörte ihr Rufen, verstand seinen Namen und den des älteren Bruders.

»Paul! Jens!«, drangen panische Stimmen aus dem Raum hinter der Flammenwand.

Ein Reflex ließ ihn einen Schritt nach vorne gehen, aber Jens hielt ihn am Arm fest. »Nicht, es ist gleich vorbei«, sagte der Bruder mahnend.

»Müssen wir die Feuerwehr rufen?«, fragte Paul naiv. Er hätte gerne die großen Löschfahrzeuge gesehen und die Männer in ihren schweren Uniformen, Schläuche über den Schultern tragend. Er dachte an Rettungsleitern, die sich an der Fassade entlang bis ganz nach oben schoben, und an prasselndes Löschwasser, das explosionsartig über das Feuer verteilt wurde, bis zischend auch das letzte Flämmchen erlosch.

Die Feuerwehr tauchte ohne sein Zutun auf. Allerdings standen da sein Bruder Jens und er bereits auf der Straße. Jens kniete sich auf den Boden und sprach ernst mit ihm. Das machte Paul Angst, und er entschloss sich, zu schweigen. Später bei den Befragungen waren Fremde anwesend, er verlangte nach Jens, aber der kam nicht.

»Ich will zu meinem Bruder«, hatte Paul wiederholt, doch er war nur vertröstet worden.

Seither hatte er Jens nicht mehr gesehen.

Paul war in ein Heim gebracht worden, dann in ein anderes. Mit einem der Jungen dort war er in Streit geraten, als der ihn als Mörder beschimpft hatte.

»Hast deine Alten umgelegt, was?«

Erst hatte Paul wie üblich nicht reagiert, aber dann

war plötzlich so viel Zorn in ihm gewesen, dass er nur noch zuschlagen wollte, wieder und wieder. Erneut hatte man ihn befragt, dann nach *Achern* zu Herrn Bankert gebracht, und der hatte ihn in den Schwarzwald mitgenommen. Was würde Jens wohl dazu sagen, wenn man ihm mitteilte, dass Paul bei diesem Ausflug gestorben war?

9

Zur gleichen Zeit

Polizeihauptmeister Mark Ehmann machte sich mit gemischten Gefühlen auf den Weg zur Kupfergasse 12. Lisa Ziflen zu sehen machte ihn nervös. Gegenüber Gabriele war er nicht völlig ehrlich gewesen, was seine Ex-Verlobte betraf. Ganz so Vergangenheit, wie er sich und dem Rest der Welt einreden wollte, war Lisa nämlich nicht.

Sie öffnete die Haustür, bevor er aus seinem Fahrzeug gestiegen war.

»Besuch im Streifenwagen«, sagte sie vergnügt statt einer Begrüßung und fügte mit einem verschmitzten Lächeln an: »Da wird sich die *Tännerin* aber freuen.« Ihr Blick wanderte zu dem Haus weiter vorn in der Gasse, das von Bertha Tänner bewohnt wurde.

»Hättest vielleicht nicht wieder hierherziehen dürfen«, erwiderte er um einen neutralen Tonfall bemüht.

Sie zog eine Schnute. »Du bist mir noch böse«, reagierte sie mit kindlicher Stimme, und Mark tat sich schwer, sie nicht einfach mit einem Lachen in die Arme zu schließen.

»Wo ist dein Sohn?«, fragte er jedoch stattdessen, und Lisa antwortete verhalten: »Bei einem Freund. Können wir drinnen weiterreden? Es ist ziemlich kalt und du kennst mich ja, immer vier Pullover übereinander.«

Er nahm es ihr übel, dass sie bei allen ihren Begegnungen auf alte gemeinsame Erlebnisse zu sprechen kam. Die vier Pullover hatte sie auf dem Weihnachtsmarkt in Freudenstadt getragen. Zu dieser Zeit hatte er sich für den glücklichsten Menschen der Welt gehalten.

»Einverstanden, gehen wir hinein«, sagte er und kam nicht umhin zu bemerken, wie schlank sie immer noch war. Auch ihr Gesicht hatte sich kaum verändert, vielleicht die ein oder andere kleine Falte, aber das machte sie nur noch anziehender. Aus dem schönen Teenager war eine sehr attraktive Frau geworden.

»Kann ich dir einen Kaffee anbieten? Zwei Löffel Zucker und viel Milch, stimmt's?« Sie lachte, und mit ihren braunen Augen warf sie ihm einen zärtlichen Blick zu.

»Nein danke, und ich trinke ihn mittlerweile schwarz«, entgegnete Mark brüsk.

»Was dagegen, wenn ich mir einen mache?«, reagierte sie nicht weiter auf seine geänderten Gepflogenheiten und wartete auch keine Antwort ab, sondern bediente ihren Kaffeeautomaten.

Mark sah sich um. *Kupfergasse 12* war ein Ferienhaus, das normalerweise nur im Sommer genutzt wurde. Lisa hatte den Inhaber zu einer ganzjährigen Vermietung überredet.

Marks Kollegin hatte deswegen entsprechende Vermutungen geäußert: *»Die checkt erst mal die Lage. Wenn die merkt, dass du sie nicht zurücknimmst, haut die wieder ab. Ansonsten hätte die sich nicht ein Ferienhaus angemietet, sondern eine richtige Wohnung.«*

»Wie lange bleibst du noch?«, fragte er, nicht nur in seiner Funktion als Polizist, sondern auch, weil es ihn wirklich interessierte.

»Ich habe nicht vor, wieder zu gehen«, gab sie an und nahm vorsichtig einen Schluck Kaffee, wobei sie ihn über den Becherrand fixierte. Kurz darauf fragte sie: »Wäre es dir lieber, wenn ich wieder gehe?«

»Solange du keine Straftat begehst, ist mir das eigentlich egal«, versuchte er cool zu wirken.

»Oh, dir ist es egal«, gab sie leicht gereizt zurück.

»Was erwartest du denn?«, ließ sich Mark zu einer Antwort hinreißen.

Sie senkte den Blick, stellte den Becher beiseite und

trat auf ihn zu. Er konnte ihr zartes Parfum riechen, so wie damals, Vanille und Rose.

»Ich habe dir sehr wehgetan«, hauchte sie, »das tut mir leid. Ich war wirklich davon überzeugt, dich zu heiraten, wäre das Beste in meinem Leben.«

»Und deshalb bist du abgehauen?«, blaffte Mark.

»Ich bin *abgehauen,* weil ich Angst bekam. Angst davor, dir nicht gerecht zu werden, dich zu enttäuschen. Ich war unreif, aber heute bin ich das nicht mehr.« Plötzlich lagen ihre Hände auf seiner Brust, sie sah schüchtern zu ihm auf. »Ich bin heute eine andere Frau, und ich bereue zutiefst, was geschehen ist.«

Es war, als würde Gabriele Veit neben ihm stehen und sagen: »Achtung, die führt etwas im Schilde!« Doch vermutlich war es eher der Geist von Carina Weisenberg, der ihn schroff einen Schritt zurücktreten und sagen ließ: »Das werde ich dann eben so akzeptieren müssen. Allerdings bin ich auch ein anderer Mann als damals. Mein Leben ist weitergegangen, obwohl das anfangs nicht einfach war. Wir haben eine gemeinsame Vergangenheit, aber ich denke nicht, dass es eine gemeinsame Zukunft geben wird.«

Sie verzog das Gesicht. »Es ist diese Carina, die Försterin. Habt ihr etwas miteinander? Es gibt Gerüchte, und ich habe dich mit ihr gesehen.«

»Rein dienstlich«, erwiderte Mark automatisch, sich dann bewusst werdend, dass er sich nicht rechtfertigen sollte. »Außerdem bin ich nicht als Privatmann hier, sondern als Beamter.«

Sie lachte auf. »Ich weiß schon, die alte Tännerin hat mich angeschwärzt. Was habe ich dieses Mal getan? Vermutlich bin ich jetzt auch schuld an dem Felssturz, der diese armen Jungen und ihren Betreuer unter sich begraben hat.« Sie rollte theatralisch mit den Augen und sprach gespreizt weiter: »Ich, als die Hure Babylon, habe den Berg erklommen und ein Stück Fels mit einer Spitzhacke gelöst und dadurch eine tödliche Falle geschaffen, um Unschuldige in den Tod zu reißen.«

»Warum sollte die Tännerin so etwas behaupten?«, entgegnete Mark ernst, obwohl Lisa ihre Darbietung mit einem verschwörerischen Lächeln beendete.

»Weil sie mir, seit ich hier wohne, für alles die Schuld gibt«, ereiferte sie sich. »Gestern hat sie mir ins Gesicht gesagt, dass ich mit meinen Sünden die Kuckuckskinder erzürnt habe. Die Kuckuckskinder?«, wiederholte sie schrill. »Ich wusste nicht einmal, dass sie damit nicht die Vögel meint, sondern irgendwelche verunglückten Lehrlinge, die in früheren Zeiten Kuckucksuhren hergestellt haben.«

»Wenigstens hat sie es dir direkt gesagt und nicht nur irgendeine lapidare Nachricht auf einem Zettel hinterlassen«, hielt sich Marks Mitleid in Grenzen.

»Das ist schäbig«, warf sie ihm vor.

»Ich werde mich in sechs Jahren dafür entschuldigen, aber ich bin nicht wegen des

Felssturzes hier, sondern wegen der Leute, die du hier empfängst.«

Lisas Miene verhärtete sich, sie schien plötzlich auf der Hut zu sein. »Soso, ich empfange Leute«, versuchte sie ihre Reaktion abzuschwächen. Sie wandte sich von ihm ab und kramte in der Schublade eines alten Bauernschranks. Sie hatte nach ihren Zigaretten gesucht und steckte sich nun eine an. Die Flamme des Feuerzeugs bewegte sich dabei rasch hin und her, eine Folge ihrer zitternden Hände.

»Du rauchst noch?«, kommentierte Mark das beiläufig.

»Alte Gewohnheiten«, antwortete sie lapidar.

»Ich erinnere mich«, erwiderte der Polizeihauptmeister ruhig. »Du hast immer geraucht, wenn du nervös wurdest.«

Dieses Mal traf ihn ein wütender Blick. »Ich bin nicht nervös. Warum auch?«

»Sprechen wir über deine Gäste, die sich nicht an die Verkehrsregeln halten, wenn sie die Kupfergasse entlangfahren. Sprechen wir insbesondere über *Volker Rosstal*«, kam Mark auf den Besitzer des Autos zu sprechen, dessen Identität Gabriele über das Kennzeichen hatte ausfindig machen können.

Lisa nahm einen tiefen Zug, stieß hektisch den Rauch aus und inhalierte erneut.

Offenbar nutzte sie die Zeit, um abzuwägen, was sie Mark nun antworten sollte. Schließlich ließ sie sich erschöpft auf einen Stuhl fallen, und in ihren braunen

Augen schwammen Tränen. »In den letzten sechs Jahren ist für mich nicht alles so gelaufen, wie ich es mir erhofft habe. Du kannst dich freuen, ich musste für mein Verhalten dir gegenüber bezahlen.«

Mark dachte an Gabriele Veit, die sicher frohlockte, wenn sie das hörte, aber er selbst verspürte keine Genugtuung, sondern war vielmehr besorgt.

Ungeduldig zog er den Stuhl ihr gegenüber zurück, setzte sich und sprach sehr eindringlich: »Um Gottes willen, Lisa, Rosstal ist polizeibekannt. Vermutlich dick im Drogengeschäft und in andere kriminelle Geschichten verwickelt. Was hast du mit dem zu schaffen?«

Sie senkte den Blick, und nun kullerten die Tränen über ihre Wangen. »Ich war eine Weile in Frankfurt«, begann sie stotternd. »Ich dachte, ich hätte eine gute Zeit, lernte die falschen Leute kennen.« Sie brach ab, hatte offensichtlich nicht das Bedürfnis, ihre Geschichte zu erzählen, sondern verkürzte ihre Erklärung auf den Satz: »Ich war Mutter und brauchte Geld, also habe ich Dinge erledigt, für die ich bezahlt wurde.«

»Was für Dinge?«, ließ Mark nicht locker.

»Ich ging nicht auf den Strich, falls du daran denkst«, gab sie bockig zurück.

Tatsächlich erschien für eine Sekunde ein erleichterter Ausdruck auf Marks Gesicht, aber sofort wurde er wieder ernst. »Was für Dinge?«, wiederholte er seine Frage.

»Botengänge, ich war einfach eine *Paketbotin.*«

Der Polizist schüttelte resigniert den Kopf. »Du warst eine Drogenkurierin«, stellte er klar.

»Nein«, hielt sie vehement dagegen. »Ich habe lediglich Geschäftsunterlagen *transferiert.* Die, für die ich gearbeitet habe, unterhielten mehrere Klubs, und da mussten die Abrechnungen und solche Sachen hin- und hertransportiert werden, das war alles.«

»Du hast also wirklich geglaubt, dass du Bilanzen und Kontoauszüge durch Frankfurt gefahren hast.« Er winkte müde ab.

»Ich hatte keinen Grund, daran zu zweifeln«, entgegnete sie überzeugt.

»Warst du angemeldet? Hast du Steuern und Sozialversicherung bezahlt?«, fragte Mark nach.

Lisa schüttelte verneinend den Kopf.

»Was hast du verdient?«

»Pro Abend etwa dreihundert Euro.«

Mit einem geräuschvollen Schnauben brachte Mark zum Ausdruck, was er von ihrer Erklärung hielt, trotzdem fasste er seine Meinung auch noch in Worte: »Du hast für ein, zwei Stunden Transportdienste dreihundert Euro bar auf die Hand verdient und warst nicht angemeldet. Du hast für zwielichtige Typen im Frankfurter Milieu gearbeitet, und dir war nicht klar, dass du etwas Illegales tust?«

»Ich werde jedenfalls nie etwas anderes aussagen. Außerdem habe ich mich informiert, es gibt schließlich so etwas wie Verjährung.«

»Aber nicht, wenn du weiterhin mit denen arbeitest.«

»Tue ich nicht«, erwiderte sie störrisch.

»Und was wollte dieser Rosstal dann bei dir?«

»Wir kennen uns aus Frankfurt. Als er erfuhr, dass ich wieder hier bin, wollte er mich besuchen, der alten Zeiten wegen«, sagte sie, und Mark wusste, dass sie log.

»Jede Woche?«, fragte er daher süffisant.

»Er ist an mir interessiert«, erklärte Lisa und tat verlegen. »Rein privat«, fügte sie noch an.

»Seid ihr zusammen?«

»Nein«, rief sie entsetzt. »Natürlich nicht, ich habe kein Interesse an Volker Rosstal.«

»Warum taucht er dann weiter bei dir auf?«, ließ Mark nicht locker.

»Der Typ gibt eben nicht so leicht auf.« Es schwang ein Vorwurf mit, so als würde sie von Mark erwarten, dass er um sie kämpfte.

Der Polizeihauptmeister kommentierte ihre Bemerkung nicht, sondern zog sein Handy aus der Tasche und zeigte ihr eine Fotografie. Darauf abgebildet waren die Drogen, die er im Zelt der Jugendlichen gefunden hatte. Die Pillen mit der grinsenden Ratte darauf konnte man gut erkennen. »Hast du so etwas schon einmal gesehen?«

Lisa betrachtete das Display, und Mark war sich sicher, dass sie erneut log, als sie nun sagte: »Keine Ahnung, was das sein soll.«

Der Beamte erhob sich, sie tat es ihm gleich.

»Du hast ein Kind«, ermahnte er sie.

»Ich weiß«, antwortete sie kleinlaut, wieder das schüchterne Mädchen von damals spielend, das unbedingt einen weißen Ritter benötigte, der es beschützte.

»Wo ist der Vater?«, fragte er sie nun direkt und erinnerte sich an ihre erste Begegnung nach sechs Jahren.

Wie vom Donner gerührt hatte er sie angestarrt, als sie plötzlich vor ihm gestanden hatte; mitten auf dem Rathausplatz von Goldeisental, ohne jegliche Vorwarnung.

»Ich bin zurück«, hatte sie zu ihm gesagt und an der Hand einen Jungen geführt, der Mark mit großen Augen angestarrt hatte – braune Augen wie die seiner Mutter.

Natürlich hatte er sofort daran gedacht, dass das sein Sohn hätte sein können, doch noch bevor er zur Frage ansetzte, erklärte Lisa: »Das ist Matteo, sein Vater und ich sind getrennt.« Dann hatte sie mit einem Lächeln angefügt: »Ich bin wieder nach Goldeisental gezogen.«

Er hatte keine Fragen gestellt, aber plötzlich schien es ihm wichtig, Klarheit zu haben. »Ist Rosstal Matteos Vater?«, fragte er deshalb scharf.

Wieder gab Lisa ein entsetztes »Nein« von sich.

»Wer ist es dann?«, blieb Mark unnachgiebig.

Sie drehte ihm den Rücken zu und weinte.

»Lisa«, wurde er sanfter.

»Ich will nicht darüber sprechen, und ich möchte nicht, dass du dich zu irgendetwas verpflichtet fühlst«, schluchzte sie herzzerreißend.

»Ich bin Polizist, ich bin verpflichtet zu ermitteln, das ist mein Job.«

»Ich meine nicht Rosstal, ich meine Matteo«, stammelte sie hilflos.

»Wieso sollte ich mich wegen Matteo verpflichtet …« Er brach ab, begriff erst jetzt. »Ich dachte, er ist nicht mein Sohn«, entgegnete er völlig irritiert.

Lisa schwieg, presste nun sogar die Lippen zusammen.

»Lisa, antworte mir«, wurde Mark ungeduldig.

»Ich weiß es nicht«, gestand sie schließlich ein.

»Du weißt *was* nicht?«, fuhr er sie an.

»Ich bemerkte die Schwangerschaft, kurz nachdem ich Goldeisental verlassen habe.«

»Matteo ist also doch mein Sohn?«, fragte er schrill.

»Es gab noch jemand anderen, der infrage kommt, in Frankfurt, der, mit dem ich fort bin.« Sie weinte. »Ich weiß, dass du mich verurteilst, es tut mir so leid.«

Mark musste alle Willenskraft aufbringen, sie jetzt nicht zu umarmen. Gabrieles Worte fielen ihm ein, und er sagte mit fester Stimme: »Wir machen einen Vaterschaftstest.«

»Nein!« Lisa wurde laut. »Auf gar keinen Fall. Ich will nicht, dass sich irgendwer gezwungen fühlt, sich um Matteo zu kümmern. Ich bin seine Mutter, und ich sorge für ihn. Ich habe das die letzten fünf Jahre getan, und ich tue das auch weiterhin. Matteo braucht keinen Vater, er hat mich.«

»Denkst du nicht, der Junge hat ein Recht darauf, seinen Vater zu kennen?«, wandte Mark ein.

»Um dann von ihm enttäuscht zu werden? Das lasse ich nicht zu.«

»Wenn Matteo mein Sohn ist, dann habe ich nicht vor, ihn zu enttäuschen«, versuchte es Mark erneut.

»Ich werde keinen Test zulassen. Mein Kind wird diesem Prozedere nicht ausgesetzt«, blieb Lisa stur.

»Es ist doch nur eine Speichelprobe, ich …«

»Du solltest jetzt gehen«, erwiderte sie kalt und deutete mit der Hand zur Tür.

Mark betrachtete sie mit einem verwirrten Blick, entgegnete jedoch nichts mehr und verließ grußlos das Haus.

Auf dem Weg zurück zum Polizeiposten überschlugen sich seine Gedanken und Emotionen. Am meisten machte ihm zu schaffen, dass er, um Klarheit zu bekommen, erst vor Gericht ziehen müsste, falls Lisa dem Vaterschaftstest nicht freiwillig zustimmen würde.

* * *

In einer ehemaligen Mine in Goldeisental

Wieder dachte der zwölfjährige Paul an Jens, seinen Bruder. Niemand hatte ihm gesagt, wo der sich gerade befand. Vermutlich hatte er jedoch zu den Großeltern ziehen dürfen, während Paul in staatliche Obhut gegeben worden war.

Die Großeltern lebten im Allgäu. Paul wünschte sich dorthin, weg aus dem Minenschacht, weg von den Leichen und dem baldigen Tod. Eigentlich hatte er gehofft, mit dem Tod der Eltern wären der Schmerz und die Angst vorbei. Er war bei Monstern aufgewachsen, und nun würde ihn ein anderes Monster töten. Jens hatte die Eltern so bezeichnet und versprochen: »Ich werde mich um die Monster kümmern! Eines Tages werde ich dafür sorgen, dass sie verschwinden.«

»Du bleibst doch bei mir?«, flehte Paul dann wie gewöhnlich. Jens war schließlich vier Jahre älter, und es war nur eine Frage der Zeit, wann er der häuslichen Gewalt entfliehen würde.

»Ich beschütze dich, so lange ich das kann«, erwiderte Jens.

Im tiefsten Inneren wusste Paul, was das bedeutete: Eines Tages würde Jens abhauen. All die Prügel, die Strafen, die Qualen müsste er dann alleine ertragen. Es gab nur wenige gute Tage, Tage bei den Großeltern, wenn weder Mutter noch Vater dabei waren. Nach diesen Aufenthalten war es immer ganz besonders schlimm. »Was habt ihr den Alten erzählt?«, wollte die Mutter wissen, danach folgten Schmerzen.

Erst wenn die blauen Flecken verheilt waren, durften sie die Großeltern erneut besuchen. Telefongespräche wurden mitgehört, und wehe, ein Nachbar oder Lehrer erkundigte sich nach dem Befinden der Kinder. Sofort wurden die Eltern misstrauisch und ließen ihre Wut an den Söhnen aus. Jens hatte sich stets vor den kleinen Bruder gestellt, dennoch war der nicht verschont geblieben, hatte ebenfalls in das zufriedene Gesicht der Mutter blicken müssen, während der Vater zugeschlagen hatte.

Paul nannte sie im Stillen die *Flammennacht*. Die Nacht, als die Monster starben. Er war nicht traurig gewesen und fest der Meinung, er und Jens würden nun zu den Großeltern ziehen, und endlich wäre alles gut. Aber nichts wurde gut, und heute, gefesselt an einen toten Jungen und mit der Aussicht, bald zu sterben, da wusste er, dass er damals hätte sprechen müssen.

Herr Bankert hatte ihn nie gedrängt, nur gesagt: »Wenn der Tag kommt, an dem du über das, was in jener Nacht passiert ist, reden willst, dann werde ich für dich da sein.«

»Ich will reden«, murmelte Paul unter Tränen, »bitte, ich will reden« – doch hinter seinem Knebel konnte ihn niemand hören.

10

Im Polizeiposten

»Vielleicht bin ich doch der Vater«, hörte sich Mark zu Gabriele Veit sagen, nachdem er ihr den Besuch bei Lisa Ziflen wiedergegeben hatte.

»Hm«, gab die Kollegin mit gerunzelter Stirn Antwort.

»Sie will keinen Vaterschaftstest machen lassen«, erklärte er weiter und war auf das schrille, fast schon sirenenartige »Wie bitte?« gefasst, das aus Gabrieles Mund kam wie ein Pfiff aus einer Trillerpfeife.

»Sie sagt, dass sie alleine für das Kind sorgen möchte, nicht von meinem Wohlwollen abhängig sein will und der Junge außerdem keinen Vater bräuchte.«

»Dieses elende Miststück«, hielt Gabriele nicht hinterm Berg. »Du musst vors Familiengericht. Nimm dir gleich einen Anwalt, sonst geht das ewig hin und her.«

»Ich weiß gerade nicht einmal, wie ich mich fühlen soll«, gab Mark zu und setzte sich müde hinter seinen Schreibtisch.

»Dieses Weib ist wirklich raffiniert«, sagte Gabriele nun auflachend.

Mark blickte sie fragend an.

»Du hast sie fast wegen Drogenhandel dran, und sie schiebt dir zur Ablenkung ein Kind unter.«

»Nein, das kann ich mir nicht vorstellen, das wäre …« Ihm fehlten die Worte.

»Du bist ihr auf die Schliche gekommen. Die Verbindung zu Volker Rosstal beweist, dass sie immer noch aktiv ist. Du hast selbst gesagt, deiner Meinung nach hat sie die Pillen mit der grinsenden Ratte erkannt. Denk doch mal nach«, wurde Gabriele ungeduldig. Bevor er antworten konnte, fuhr sie fort: »Lisa gibt quasi zu, dass sie zumindest früher als Drogenkurierin gearbeitet hat. Sie ist clever genug, um so zu tun, als wäre das versehentlich passiert und um sich auf die Verjährungsfristen zu berufen. Was aber, wenn die Gute immer noch fleißig Drogen transportiert? Du stellst unbequeme Fragen, und sie weiß, dass Rosstal und sie aufgeflogen sind. Beweisen kannst du zwar noch nichts, doch sie muss damit rechnen, dass diese Sache weiterverfolgt wird. Also verschafft sie sich Zeit.«

»Und wie?«, fragte Mark naiv.

»Na, indem sie denjenigen, der nach Beweisen sucht, also dich, in ein totales Gefühlschaos stürzt. Gib zu, dass du bereits vergessen hast, dass du eigentlich dienstlich bei Lisa Ziflen warst.«

Mark holte tief Luft. »Er könnte *wirklich* mein Sohn sein. Du hast das doch selbst gesagt.«

»Sicher, aber die Weigerung bezüglich des Vaterschaftstests würde ich als hundertprozentigen Beweis dafür sehen, dass das nicht der Fall ist.« Sie zwinkerte ihm zu. »Das war ein Schachzug, trotzdem solltest du einen Anwalt aufsuchen, damit das ein für alle Mal geklärt ist. Eine Freundin von mir hat einen in der Familie, ein scharfer Hund, genau so einen brauchst du jetzt. Ich besorge dir die Nummer.«

»Sicher, aber vorher möchte ich noch einmal mit Lisa reden, ganz in Ruhe. Vielleicht können wir das auch ohne Gericht klären.«

»Wie du meinst, nur lass dich nicht in die Irre führen. Die Tännerin hatte den richtigen Riecher. Du solltest mit dem Dezernat für Drogen sprechen, damit die weiter ermitteln.«

»Ja, das werde ich tun«, versicherte er, hatte aber zunächst einen anderen Plan.

Gleichgültig, was Gabriele sagte und wie vernünftig das auch klang, er würde zunächst Lisas Version überprüfen. Was, wenn Rosstals Besuche bei Lisa doch harmlos waren und nichts mit Drogen zu tun hatten?

Lisa war Mutter, man würde bei solchen Verdächtigungen hellhörig werden, das Jugendamt einschalten. Keinesfalls wollte er Matteo das antun. Deshalb musste er sich zunächst Gewissheit verschaffen, auch wenn er dafür gegen einige Regeln verstieß. Außerdem spukten ihm immer noch Dennis Bankert und die Jugendlichen durch den Kopf. Welchen Zusammenhang gab es zwischen Rosstal und den Drogen in deren Zelt? Bankerts Frau hatte ihm von dem Ältesten der Gruppe erzählt, Noah, und dass der ständig mit Drogenproblemen zu kämpfen gehabt hatte.

Zu diesem Zeitpunkt gab es einfach noch zu viele offene Fragen, die er zunächst klären musste. Denn um etwas an die Kollegen weiterzugeben, brauchte er schließlich mehr als nur Vermutungen.

* * *

Mark hatte den Abend abgewartet und war dann nach Freudenstadt aufgebrochen. Auf der etwa halbstündigen Fahrt kämpfte er gegen sein schlechtes Gewissen an. Gabriele würde ihn zu Recht zusammenfalten, wenn sie von seinem Manöver erfahren würde. Es war leicht gewesen, herauszufinden, wo sich Volker Rosstal für gewöhnlich aufhielt. Ein paar Telefonate mit Kollegen, und schon kannte er die Stammkneipe des Mannes. Solange er behauptete, er hole nur Erkundigungen ein, weil er eine Anzeige wegen auffälligen Verhaltens im Straßenverkehr verfolgte, gab man ihm bereitwillig Auskunft.

Der Polizeihauptmeister fand Rosstal schließlich in einer kleinen Kneipe, deren Namen *Schädeltreff* lautete und über deren Eingang eine zerrissene Piratenflagge wehte. Zivil gekleidet, versuchte er möglichst lässig zu wirken, als er nun den düsteren Gastraum betrat.

Er entdeckte Rosstal in einer Ecke, während er auf einem der Barhocker Platz nahm. Die Fotos aus der Akte wurden ihm allerdings bei Weitem nicht gerecht. In Wirklichkeit war Rosstal wesentlich unansehnlicher als sein digitales Abbild. Offenbar hatte der Mann in seiner Jugend unter starker Akne gelitten, denn seine Gesichtshaut war überzogen von Kratern und Narben. Interessanterweise sah er durch seine lange Nase und den Überbiss der grinsenden Ratte auf den Drogen ziemlich ähnlich.

Mark, in seine Beobachtungen vertieft, zuckte zusammen, als man ihn ansprach. »Was darf's denn sein?«, fragte die Wirtin hinter der Theke. Sie betrachtete ihn misstrauisch.

Deshalb antwortete er schnell: »Ein Pils bitte.«

Sie legte ihm einen Bierdeckel vor die Nase, und er fragte sich, wie sie den mit ihren langen Fingernägeln je wieder in die Höhe heben wollte.

»Bist das erste Mal hier?«, begann sie ein Gespräch, und der Polizeihauptmeister stieg darauf ein.

»Ja, ein Freund hat mir den *Schädeltreff* empfohlen.«

»Ein Freund?«, tat sie überrascht. »Wie heißt er denn?«

Mark war sich nicht sicher, ob er besser einen Namen erfinden, sein Bier trinken und wieder verschwinden sollte. Andererseits wollte er Antworten. Natürlich rechnete er nicht damit, irgendwelche Beweise für was auch immer zu finden, aber womöglich würden ihm die Reaktionen seiner Gesprächspartner zumindest verraten, ob er richtiglag. Nicht nur was Lisas Verbindung zu Rosstal anging, sondern auch die der Jugendlichen aus Dennis Bankerts Gruppe.

Also gab er sich lässig und antwortete: »Er heißt Noah und hat mir die grinsende Ratte empfohlen.«

Die Wirtin war gerade dabei, sein Pils zu zapfen, und unterbrach für einen Augenblick ihre Arbeit, als Noahs Name fiel, was dazu führte, dass das Glas überschäumte. Schnell schloss sie den Zapfhahn.

Mark schätzte die Frau auf Ende dreißig. Im gedämpften Licht sah sie recht attraktiv aus, auch wenn er sich nicht vorstellen wollte, wie sie ohne das üppige Make-up, die aufgeklebten Wimpern und die blonden Extensions in den Haaren wirkte.

»Noah? Kenne ich nicht, und was diese Maus angeht …«, entgegnete sie gelangweilt. »Keine Ahnung, was das sein soll.«

Sie stellte das Glas auf den Tresen und zischte: »Vielleicht bist du im falschen Laden. Besser, du trinkst zügig aus und suchst woanders weiter.«

»Schon gut«, erwiderte Mark, hatte er doch bereits mehr Antworten erhalten, als er gehofft hatte.

Die Reaktion der Dame hinter der Theke war eindeutig. Erstens kannte sie Noah, und zweitens wusste sie ganz genau, dass die grinsende Ratte illegale Pillen verzierte.

Mit einem gewissen Hochgefühl wegen seiner Entdeckung setzte Mark das Glas an, als er hinter sich Volker Rosstals ätzende Stimme hörte.

»Alles in Ordnung, Florence?«, krähte der in Richtung der Wirtin.

»Alles bestens«, erwiderte die.

»Wirklich?«, hakte Rosstal nach und baute sich neben Mark auf, der bislang stur geradeaus geblickt hatte.

»Was willst du denn hier?«, sprach ihn Rosstal unfreundlich an.

»Ein Bier trinken, zahlen und gehen«, antwortete Florence an Marks Stelle.

»Und Grüße von Lisa bestellen«, ergriff der Polizeihauptmeister nun das Wort und drehte sich zu Rosstal um.

Der lachte schallend. »Grüße von *Lisa*, soso.« Er warf seinen Kumpels amüsierte Blicke zu, woraufhin die ebenfalls zu lachen anfingen und sich zu ihnen gesellten.

Mark bemerkte, dass sich die Handvoll Gäste, die sonst noch anwesend waren, bewusst so gaben, als würden sie von der sich anbahnenden Auseinandersetzung nichts mitbekommen. Wenigstens hatte er es nicht mit einer ganzen Bande zu tun. Das ließ ihn mutig werden und sagen: »Ich soll dir ausrichten, dass du sie nicht mehr zu besuchen brauchst. Sie verzichtet künftig komplett auf jedweden Kontakt.«

Daraufhin stand er langsam auf, kramte einen Fünfeuroschein aus der Tasche, legte ihn auf die Theke, murmelte: »Stimmt so«, und ließ Rosstal dabei nicht aus den Augen.

»Das hat Lisa wirklich gesagt?«, fragte der nun und kniff seine ohnehin schon winzigen Augen noch weiter zusammen. Trotzdem konnte Mark erkennen, dass die Augäpfel gelb verfärbt waren.

»Das hat sie gesagt«, entgegnete er ruhig und sah auf sein Gegenüber hinab, da er Rosstal fast um einen Kopf überragte.

»Weißt du was«, sagte der nun süffisant, »das werde ich sie besser selbst fragen, denn solche Schlampen wissen meistens nicht so wirklich, was sie wollen. Da muss schon ein richtiger Mann her, der denen dann die Richtung vorgibt, du verstehst, oder?« Er machte eine entsprechend anzügliche Bewegung mit seinem Unterleib, und seine Kumpel grinsten breit. »Die Nutten sind alle gleich«, setzte Rosstal noch nach – und plötzlich sah Mark rot, holte aus und verpasste seinem Gegenüber einen heftigen Kinnhaken. Der taumelte rückwärts, riss dabei zwei Barhocker um und knallte unsanft gegen die Wand.

Wenn Mark darauf gehofft hatte, man würde ihn einfach gehen lassen, dann sollten ihn die Adjutanten von Rosstal eines Besseren belehren. Sofort stürzten die sich nämlich auf Mark und rissen ihm die Arme auf den Rücken, sodass er sich kaum mehr bewegen konnte. In der nächsten Sekunde knallte ihm Rosstals Faust ins Gesicht. Für einen Augenblick wurde ihm schwarz vor Augen, dann holte ihn ein Schlag in die Magengrube zurück ins Hier und Jetzt. Hektisch versuchte er sich aus dem Griff der Männer zu befreien, aber die hatten ihre Hände wie Schraubstöcke um seine Unterarme gelegt.

Vermutlich wäre er noch weiter verprügelt worden, hätte nicht Florence gerufen: »Schluss damit, ich glaube, ich höre Sirenen! Los, Volker, verschwinde. Ich regle das.«

Die Aussicht, dass hier gleich die Polizei auftauchen könnte, ließ die Angreifer sofort zur Besinnung kommen. Sie hinterfragten nicht, warum Florence die Einzige war, die in der Nähe Sirenen hörte, sondern ergriffen umgehend die Flucht.

»Ruf mich an, wenn die Luft rein ist«, rief Rosstal noch im Gehen, und Florence nickte.

Die Gäste im Lokal vermieden es, in Marks Richtung zu blicken, sicherlich fürchteten sie, sonst als Zeugen genannt zu werden.

Der Polizeihauptmeister war während seiner Ausbildungsjahre oft genug zu Kneipenschlägereien gerufen worden, und nur selten hatten sich auskunftsfreudige, glaubhafte Augenzeugen gefunden.

»Sie sollten verschwinden und nie wieder hierherkommen«, warf ihm Florence an den Kopf.

»Es kommt keine Polizei, oder?«, fragte Mark keuchend, da ihm immer noch die Luft wegblieb.

»Nein, aber vielleicht ist die ja auch schon da?«, erwiderte die Wirtin lauernd. Sie war um den Tresen herumgekommen und stellte die umgestürzten Hocker auf.

»Danke, dass Sie die Typen verscheucht haben«, antwortete Mark freundlich.

»Ich habe das nicht für Sie getan«, erklärte Florence leise, um zu vermeiden, dass jemand ihre Unterhaltung hörte.

»Warum dann?«, fragte der Polizeihauptmeister spontan.

»Für Volker, ich will nicht, dass er wegen dieser Lisa Ärger bekommt.«

»Sie haben das für Rosstal getan?«

»Er ist mein Mann«, entgegnete sie schnell, bevor Mark sich negativ äußern konnte.

»Oh«, reagierte er überrascht. »Interessante Wahl«, fügte er dann noch an.

»Was geht Sie das an und überhaupt …« Florence grinste, zeigte dabei ein schiefes Gebiss. »Jemand, der

Lisa auf den Leim geht, sollte sich nicht für einen Experten in Sachen Liebe halten.«

»Sie kennen Lisa?«

»Leider ja.« Florence verzog das Gesicht. Irgendetwas schien sie Mitleid mit Mark empfinden zu lassen, denn plötzlich veränderten sich ihre Züge. Die Härte verschwand, und es folgte eine Art Resignation. »Ich weiß, dass Volker kein Unschuldslamm ist, und ja, vermutlich habe ich einen Besseren verdient, aber ich liebe ihn, und er steht zu mir. Er hat mich geheiratet, und ich bin seine Frau, egal welchen Weibern er ansonsten auf den Arsch glotzt.« Sie zögerte, sagte dann: »Ich vermute, Sie sind Lisas Ex, der Polizist aus Goldeisental.«

Mark wollte das verneinen, doch Florence kam ihm zuvor. »Sie hat von Ihnen erzählt.« Florence zögerte, sagte dann: »Und dass sie in der Lage ist, Sie zu kontrollieren, aber offenbar hat sie sich da getäuscht. Ich nehme nicht an, dass Lisa weiß, dass Sie hier sind.« Ein triumphierendes Grinsen umspielte ihre Lippen, als er das durch sein Schweigen bestätigte. »Jemand, der Lisa wirklich kennt, wäre nicht hier hereingeplatzt und hätte sich für ihre Ehre mit Volker geprügelt, das ist geradezu absurd«, erklärte sie weiter ihre Schlussfolgerungen. »Dennoch braucht man Eier, um so etwas durchzuziehen, daher können Sie kein Buchhalter sein. Ein Krimineller sind Sie auch nicht, zu weicher Blick. Bleibt also nur noch eines: Sie sind Polizist. Eins und eins macht eben zwei.«

»Volker soll sich von Lisa fernhalten«, erwiderte Mark lahm.

»Haben Sie es denn noch nicht kapiert?«, wurde Florence ungeduldig, ihr Blick wanderte besorgt zur Tür. »Lisa *verarscht* Sie, das macht sie mit allen Typen. Wenn Volker bei Lisa auftaucht, dann nur, weil die das so will. Mehr werde ich dazu nicht sagen. Daher«, fuhr sie ungeduldig fort, »tun Sie uns beiden einen Gefallen und sorgen Sie dafür, dass diese Frau aus dem Schwarzwald verschwindet. Ich mag es nämlich nicht, dass mein Mann mit der zu schaffen hat. Und jetzt gehen Sie besser, bevor Ihr hübsches Gesicht noch Schaden nimmt. Volker wartet auf meinen Anruf.«

11

Sophia Frey rekelte sich nackt auf der Bettdecke. Das Schlafzimmer war überhitzt, so wie sie es mochte, ihr Körper schweißbedeckt. Sie betrachtete sich in dem großen Spiegel über dem Bett, spreizte sogar die Beine und lachte vergnügt, als Bernd Schierbach aus dem angrenzenden Badezimmer kam, sie lüstern ansah und anzüglich sagte: »Die *Frau Bürgermeisterin* hat wirklich etwas zu bieten.«

Er legte sich zu ihr, ebenfalls nackt, und strich über die Innenseiten ihrer Schenkel. »Na, wie sieht es aus, kann ich die First Lady zu einer weiteren Runde Bürgernähe überreden?«

Sophia seufzte genervt. »Leider muss sich die Frau Bürgermeister um ihren verkalkten Schwiegervater kümmern.«

»Keine Pflegerin?«, hakte der dreiundfünfzigjährige Schierbach nach und küsste ihre Scham.

»Hör auf«, sagte sie mit gespieltem Ernst, quietschte dann aber vergnügt, als er sie mit der Zunge zu befriedigen begann.

»Nein, wirklich«, schob sie ihn dann doch zur Seite, »ich muss gehen. Die Pflegekraft fängt sonst an, sich bei Arnold zu beschweren. Und der wird am Ende noch misstrauisch, und das wollen wir doch beide nicht.«

Schierbach rollte sich auf den Rücken, die Arme hinter dem Kopf verschränkt, und fragte vorwurfsvoll: »Und was mache ich nun damit?« Gemeint war sein erregtes Glied, das fast senkrecht in die Höhe stand.

Sophia kicherte und stand auf. »Da wird der *Herr Bauunternehmer* wohl selbst Hand anlegen müssen, ich habe anderweitige Verpflichtungen. Es sei denn«, fügte sie verführerisch an, »du entschließt dich, mich noch vor den nächsten Wahlen zu ehelichen. Dann verlasse ich Arnold und kann rund um die Uhr deine Bedürfnisse befriedigen.«

Seit ihre Affäre vor einem halben Jahr begonnen hatte, tauschten sie ständig schlüpfrige Sprüche aus. Sophia schmeichelte es, dass der reichste Mann von Goldeisental sich ihr genähert hatte. Immerhin war sie über vierzig, und Typen wie Bernd Schierbach suchten sich normalerweise Zwanzigjährige, um ihr Ego zu befriedigen.

»Vergiss nicht unseren Plan«, wurde er nun ernst. »Die Hochzeit wird stattfinden«, fügte er schnell an, klug genug zu wissen, wie wichtig es war, Sophia bei

Laune zu halten. »Wenn ich erst einmal Arnolds Posten übernommen habe, dann ist er auch seine geile Frau los«, legte er nach, und sie genoss das Kompliment. »Dann ziehst du in meine Villa ein und wirst ganz offiziell Frau Schierbach. Aber zunächst müssen wir uns ums Geschäft kümmern.«

»Jaja«, erwiderte sie müde, »ich weiß schon, die Appartementanlage. Aber wie ich dir bereits gesagt habe – Arnold hört nicht auf mich. Er ist stur und gegen eine Baugenehmigung.«

»Am Ende kann er mich nicht aufhalten«, entgegnete Schierbach, der sich nun ebenfalls aus dem Bett hievte und bedauernd den sich zusammenziehenden Penis betrachtete, der unter seiner eindrucksvollen Plauze verschwand. Gott sei Dank hatte er nur eine der Erektionspillen geschluckt, sein Arzt hatte ihn ohnehin gewarnt, auf seinen ungesunden Lebensstil und sein Übergewicht hingewiesen.

Lässig warf er sich den roten Seidenbademantel über und trat auf Sophia zu. »Arnold wird bald keine Rolle mehr spielen. Ich habe meine Befürworter zusammen. Die nächste Wahl wird er vergessen können. Gedankt sei es diesem Felssturz. Ich werde dafür sorgen, dass man ihm den Unfall ankreidet. Als Oberhaupt unserer Gemeinde ist er immerhin für die Sicherheit unserer Touristen zuständig, sonst kommt ja schließlich niemand mehr. Die verunglückten Jugendlichen sind ein Geschenk«, fügte er leichthin an und griff sich von der Kommode eine Zigarre.

»Nicht«, warnte ihn Sophia. »Warte, bis ich weg bin, sonst haftet der Rauch an mir, und dann wird mir Arnold nicht abnehmen, dass ich nur bei Angie war.«

»Der frisst dir aus der Hand, der glaubt dir alles.«

Sophias Gedanken schweiften jedoch zurück zu dem, was sie eben gehört hatte. Während sie sich aufs Bett setzte, um ihre hochhackigen Stiefel anzuziehen, fragte sie daher wie nebenbei: »Der Absturz der Jugendlichen und ihres Betreuers kommt dir also gelegen, das Glück scheint auf deiner Seite zu sein.«

»Mit Glück hat das nichts zu tun, meine Liebe«, sagte Schierbach großkotzig und legte gehorsam die Zigarre zurück in den Humidor.

»Willst du etwa andeuten, dass du dabei die Finger im Spiel hattest?«, fragte sie mit einer Mischung aus Ungläubigkeit und Bewunderung, genau so, wie er es mochte.

»Würdest du mir das etwa nicht zutrauen?«, antwortete er zweideutig.

Sie ging auf ihn zu, fasste grob nach seinem Glied und rieb es zwischen ihren Händen. Schierbach stöhnte auf, und Sofia säuselte: »Ich traue dir alles zu, deshalb hoffe ich, dass du mich auf deinem Weg nicht vergisst. Denn du solltest mir auch einiges zutrauen.«

Abrupt ließ sie ihn los, und er bettelte: »Du kannst doch jetzt nicht aufhören?«

»Wie gesagt, ich möchte nicht vergessen werden. So

hast du etwas, auf das du dich freuen kannst. Wir sehen uns.«

Damit rauschte sie aus der Tür und ließ ihn allein im Schlafzimmer zurück.

»Miststück«, stieß Schierbach gut gelaunt hervor und zündete sich genüsslich die Zigarre an. Wenn er erst einmal Bürgermeister war, brauchte er Sophia zwar nicht mehr, aber vielleicht war es dennoch eine gute Idee, auch dann noch ein Team mit ihr zu bilden. Sie war clever und rücksichtslos, und das könnte ihm nützlich sein.

Er grinste und schob die Schublade auf. Ein Ordner mit Bodengutachten und Kostenvoranschlägen lag darin. »Dieser Scheißarnold«, fluchte er laut, »der wird mich nicht davon abhalten, richtig Kohle zu verdienen!«

* * *

Während der Polizeihauptmeister mit einem geschwollenen Gesicht Richtung Goldeisental fuhr, hörte er seine Mailbox ab.

Gabriele Veit hatte sich gemeldet. »He, ich habe Neuigkeiten vom Labor. Davon abgesehen wollte ich dich noch einmal daran erinnern, dass ich morgen früh beim Ultraschall bin. Vermutlich macht das Baby in meinem Bauch gerade seinen Meister im Stepptanz.« Sie lachte. »Aber das interessiert dich vermutlich weniger«, fügte sie müde an. »Dafür haben die

Kollegen herausgefunden, dass es sich bei diesen Pillen mit den grinsenden Ratten um *Angel Dust,* also Phencyclidin, handelt. Nur so nebenbei, das Zeug kann so einiges auslösen. Euphorie, Enthemmung, Halluzinationen, Aggressivität …«

Mark erreichte Carina Weisenbergs Häuschen im Wald, als sich Gabriele mit den Worten: »Trotzdem noch einen schönen Abend«, verabschiedete.

Warum er die Unterkunft der Försterin angesteuert hatte, wusste er in diesem Augenblick selbst nicht mehr. Plötzlich hielt er das sogar für eine sehr dumme Idee. Vielleicht lag sie schon im Bett, fühlte sich von ihm gestört. Zumindest hätte er vorher anrufen müssen. Schon war er versucht zu wenden und zu verschwinden, da ging die Tür auf, und Carinas Hunde stürmten auf die Veranda. Zeitgleich schaltete sich die Außenbeleuchtung an. Das Bellen war ohrenbetäubend, und Mark zögerte, überhaupt auszusteigen. Carina gab ein kurzes Signal, und ihre zwei Mischlingsrüden verschwanden im Haus. Dafür kam nun die Försterin auf sein Auto zu.

»Ist etwas passiert?«, fragte sie sofort besorgt, während er ausstieg.

Als Nächstes sah sie sein verletztes Gesicht und rief: »Was um Himmels willen hast du denn angestellt?« Sie schüttelte den Kopf. »Los, ab ins Haus, ich sehe mir das einmal an.«

Kurze Zeit später saß er im warmen Wohnzimmer von Carina, flankiert von den beiden Hunden, die offensichtlich das Verlangen hatten, mit ihm zu kuscheln, während er sich die aufgeplatzte Lippe desinfizieren ließ. Jedes Mal, wenn er einen leisen Schmerzenslaut von sich gab, winselte der ältere der beiden Hunde verständnisvoll mit.

»Jetzt stell dich nicht so an«, reagierte Carina amüsiert. »Willst du erzählen, was passiert ist? Ich könnte eine Flasche Rotwein anbieten.«

Mark lehnte sich zurück und kraulte ganz selbstverständlich die Hunde neben sich. »Ich bin für alles dankbar«, sagte er, und während die Försterin die Gläser und den Wein aus der Küche holte, begann er seine Geschichte zu erzählen. Mark berichtete vom Gespräch mit Dennis Bankerts Frau, vom Nachmittag bei Lisa, der Begegnung mit Volker Rosstal und dessen Angetraute Florence, von der Analyse der Drogen, und ganz zum Schluss fügte er noch an: »Und womöglich habe ich einen Sohn.«

Carina scheuchte liebevoll die Vierbeiner von der Couch und setzte sich neben Mark.

»Ich fasse das einmal zusammen. Du ermittelst in einem Fall, den es nicht gibt. Überschreitest vermutlich deine Kompetenzen, indem du mit der Ehefrau des Unfallopfers sprichst, und stellst gleichzeitig Nachforschungen über einen aktenkundigen Drogendealer an. Zudem gibst du entsprechende

Informationen nicht weiter, weil sie deine Ex betreffen.«

Sie runzelte kritisch die Stirn, und Mark fügte an: »Womöglich ist sie nicht nur meine Ex, sondern auch die Mutter meines Sohnes.«

»Dem du keinen Unterhalt zahlen kannst, wenn sie dich bei der Polizei wegen Fehlverhaltens rausschmeißen«, entgegnete die Försterin schnippisch.

»Du bist keine Hilfe«, reagierte Mark missmutig.

»Was willst du von mir hören? Bravo, du hast dich verprügeln lassen für eine Frau, die dich manipuliert und dir womöglich dein Kind vorenthält? Außerdem nutzt sie eure Beziehung aus, um sich ihren Drogengeschäften zu widmen.«

»Ich habe doch gar nichts in der Hand, das ich an irgendwen weitergeben könnte. Meine Vermutungen würden allenfalls ein Kind ins Heim bringen, damit ist doch niemandem geholfen.«

»Du wurdest angegriffen«, erinnerte ihn Carina.

Kleinlaut erwiderte Mark: »Ich habe angefangen.«

»Du scheinst ja verrückt nach Lisa Ziflen zu sein. Da frage ich mich natürlich, warum du auf meiner Couch sitzt.« Es klang bockig, und das erste Mal, seit sie sich kannten, glaubte Mark, eine echte Gefühlsregung ihm gegenüber bei der jungen Frau zu entdecken. Zu seiner großen Freude klang ihr Vorwurf nach Eifersucht. Also war er ihr nicht gleichgültig.

»Es geht mir einzig und allein um den Jungen. Was

mit Lisa geschieht, ist mir egal«, entgegnete er daher mit fester Stimme.

Carina verzog keine Miene, sondern schenkte Wein nach und sagte: »Also wenn es dir nicht um Lisa geht, warum diese Ermittlung auf eigene Faust?«

»Es ist wegen Dennis Bankert. Ich komme nicht darüber hinweg, dass er trotz meiner Warnung an der Blutschlucht war.«

»Wir haben das doch schon durch. Womöglich hat sich die Gruppe dorthin verlaufen oder die Jungs ließen sich nicht zurückhalten. Mittlerweile ist das sogar noch glaubhafter. Du hast selbst gesagt, es könnte sein, dass die PCP genommen haben. Ich weiß, was das ist und dass es die Konsumenten sicher nicht vernünftiger macht. Du hast drei Tabletten gefunden. Aber wie viele hatten die dabei? Was, wenn die sich die eingeworfen haben und dann zur Schlucht sind? Bankert hinterher, will sie aufhalten, womöglich kommt es zu einem Streit, fünf Menschen an einem instabilen Abhang, die sich gegenseitig bedrängen, das Unvermeidliche geschieht. Ein tragischer Unfall. Unfälle passieren, und man muss sich damit abfinden«, fügte sie noch traurig an.

Mark hatte das Gefühl, dass sie weit mehr über den Absturz erschrocken war, als sie bisher zugeben wollte.

Deshalb hoffte er auf ihr Verständnis und teilte mit ihr seine Gedanken. »Irgendwie gibt es eine Verbindung zwischen diesem Noah und Rosstal und womöglich Lisa.

Was, wenn der Unfall damit zu tun hatte? Und da ist noch etwas«, sprach Mark zögerlich weiter. »Ich habe das bisher nicht erzählt, weil es mir völlig belanglos erschien und ich es gleich wieder vergessen hatte, aber kurz bevor Bankert mit seinen Schützlingen aufbrach, hat er einem von denen ein Taschenmesser abgenommen. Ein harmloses, mit Zahnstocher und Feile und so, er war deshalb auch nicht aufgebracht. Zumindest kam er mir nicht so vor. Allerdings hat der Bürgermeister mir erzählt, dass er sich über den versuchten Diebstahl der Jungs im Souvenir-Shop furchtbar aufgeregt hätte.«

»Ist doch nachvollziehbar. Diebstahl bedeutet Strafverfolgung, das kleine Taschenmesser nicht.«

»Womöglich haben Messer jedoch eine besondere Bedeutung für Bankert, schließlich wurde seine Frau vor drei Jahren angegriffen und schwer verletzt. Was, wenn er plötzlich rotgesehen hat?«

»Wie soll das abgelaufen sein?«, fragte Carina ungläubig.

Mark konnte jetzt nicht mehr zurück, also sprach er aus, was ihm im Kopf herumschwirrte. »Stell dir vor, du gibst jeden Tag dein Bestes, versuchst, diesen Kindern eine Zukunft zu ermöglichen, engagierst dich weit über das hinaus, was man von dir erwartet. Aber zu welchem Preis? Du verlierst beinahe deine Frau, du erntest freche Antworten, musst dich für deine Schützlinge entschuldigen, weil sie nur Ärger machen und alles boykottieren, was du für sie unternimmst.

Womöglich hat ihm die Geschichte mit dem Taschenmesser den Rest gegeben.«

»Und er ist mit den Jungs zur Schlucht, um dann was zu tun?«, fragte Carina leise.

»Keine Ahnung, vielleicht war es ihm plötzlich auch egal, was mit denen passiert, vielleicht hat er meine Warnung deshalb ignoriert. Vielleicht ist er durchgedreht und hat sie bewusst in den Tod geführt, sie sogar gestoßen. Dann wird ihm klar, was er getan hat, und bringt auch sich um.«

»Vielleicht, vielleicht, vielleicht«, entgegnete Carina skeptisch. »Und was ist mit dem Felssturz?«

»Er könnte ihn verursacht haben.«

»Wie denn?«, widersprach sie. »Er ist doch laut deiner Theorie bereits tot.«

»Was aber, wenn er nicht vorhatte, sich umzubringen«, ereiferte sich Mark, »und den Felssturz ausgelöst hat, als er seine Tat vertuschen wollte? Er bricht einige Brocken am Rand weg, um den Absturz der Jungs glaubhafter zu machen. Dabei kam jedoch das Gestein ins Rutschen und reißt ihn mit. Und nur deshalb wurde auch er unter den Felsen begraben.«

»Du konstruierst einen durchgedrehten Erzieher, der mehrfachen Mord begeht, nur, weil du nicht glauben kannst, dass jemand eine deiner Warnungen in den Wind schlägt? Hallo«, rief sie laut, »die Welt ist voller Menschen, die Warnungen ignorieren, das ist der Normalfall, nicht die Ausnahme.« Erneut schenkte sie Wein nach. »Wir tun das gerade auch. Denn wir liegen bereits über der empfohlenen Tagesdosis Alkohol.«

Er lachte auf. »Toll, nach deiner Ansprache fühle ich mich jetzt erst recht wie ein Idiot.«

Carina lächelte. »Das war nicht meine Absicht, aber wenn ich dir etwas raten darf, dann konzentriere dich besser auf die Sache mit Lisa und kläre die Vaterschaft. Bankert und die vier Jungen sind verunglückt, die kannst du nicht mehr retten. Und womöglich …« Sie zögerte, blickte ihn dann jedoch direkt an und sagte: »Und womöglich solltest du dir über deine Gefühle für die Frau klar werden.«

Mark richtete sich auf. Vielleicht war es dem Alkohol geschuldet oder dem Gedanken, dass er sich kaum noch lächerlicher machen konnte, dass er den Mut fand, ihre Hände zu ergreifen. Sie zog sie nicht zurück, sondern umschloss mit ihren Fingern seine.

»Ich bin mir völlig über meine Gefühle im Klaren«, sagte er nun mit fester Stimme und glaubte in Carinas Augen zu versinken. Ganz langsam näherte er sich ihr, hauchte einen Kuss auf ihre Lippen. Sie erwiderte die Berührung, und Mark legte seine Hände nun zärtlich um ihren Nacken und zog sie an sich. Der lange, leidenschaftliche Kuss ließ ihn alles um sich herum vergessen.

Kurz darauf gingen sie ins Schlafzimmer, Hand in Hand, aneinandergeschmiegt. Sie berührten sich erst vorsichtig, dann ungeduldig, und doch war es auch, als würden sie sich schon lange kennen. Die Vertrautheit, mit der sich ihre Körper vereinten, hatte nichts von schnellem Sex oder einem flüchtigen One-Night-Stand, sondern entsprach vielmehr einem echten Akt der Liebe.

Irgendwann schlief Mark glücklich ein, Carina in den Armen haltend.

12

Gegen Morgen in einer ehemaligen Mine in Goldeisental

Paul öffnete die Augen, er fühlte sich schwach und krank, spürte, wie man ihm Wasser einflößte. Im ersten Augenblick glaubte er, Rettungskräfte würden sich um ihn kümmern, aber als er hektisch das Wasser trank – denn ihn quälten Hunger und Durst –, riss man es ihm kurzerhand wieder weg. Noch während er um Gnade flehte, drückte man ihm erneut Klebeband über den Mund. Und dann sah er ihn – einen großen Mann, ein Fremder, sein Körper war massig, die Klamotten, die er trug, schienen Paul teuer. Er konnte sogar die große Uhr am Handgelenk seines Gegenübers erkennen und schätzte die ebenfalls als kostbar ein.

Allerdings ahnte er bereits, dass das nicht der

erhoffte Retter war, sondern ein weiteres Opfer. Denn der Erwachsene war wie Paul gefesselt und geknebelt. Noch hatte der jedoch die Kraft, sich zu bewegen. Hektisch riss der Mann an den Seilen um seine Arme und Beine. Auf seiner Wange glänzte Blut, vermutlich hatte man ihn am Kopf verletzt.

Bernd Schierbach war gerade zu sich gekommen, und mit Entsetzen sah er die Leichen im Minenschacht. Auch entging ihm nicht der Junge, der ihn mit müden, aber angsterfüllten Augen beobachtete. Er schien krank, denn ungesunder Schweiß stand ihm auf der Stirn, und er zitterte.

Mit aller Kraft zerrte Schierbach an den Stricken. Er hatte sich nie für schwach gehalten, im Gegenteil. Zudem war er körperliche Arbeit gewohnt, zumindest früher, als er noch am Anfang seiner Karriere gestanden und oft selbst auf den Baustellen Hand angelegt hatte. Auch wenn er etwas aus der Form geraten war, hätte er sich normalerweise nicht so leicht überwältigen lassen dürfen.

Davon abgesehen lag es nicht in seiner Natur, einfach aufzugeben, deshalb versuchte er erneut, sich zu befreien.

Aber seine Bemühungen waren nicht unbemerkt geblieben, und keinesfalls wollte man seine Flucht riskieren; im nächsten Augenblick traf Bernd Schierbach die Spitzhacke. Er hatte blitzschnell reagiert und sich, so weit es ihm möglich war, zur Seite gedreht, um zu vermeiden, dass ihn der Stahl im Gesicht verletzte.

Paul, benommen, verfolgte den Angriff. Die Spitzhacke hatte zwar das Gesicht des Mannes verfehlt, dafür bohrte sie sich nun jedoch in den Kehlkopf des Fremden. Das Röcheln des Sterbenden hallte von den Felswänden wider, klang wie das jammervolle Aufheulen eines verletzten Tieres. Hämisches Gelächter mischte sich darunter. Es hörte nicht auf, und Paul schloss die Augen, dennoch sah er das Bild immer noch vor sich. Die Spitzhacke hing im Hals des Fremden, hatte sich tief hineingebohrt und ihn aufgerissen. Blut floss über die Brust des Mannes, und Paul befürchtete, der Strom würde nie aufhören, womöglich die wenigen Meter in seine Richtung überwinden und ihn schließlich ertränken.

Immer noch konnte man das Keuchen vernehmen, das von dem unbedingten Wunsch des Sterbenden zeugte zu überleben. Doch nach quälend langen Minuten erschlaffte dessen Körper, fiel der Kopf zur Seite und tropften die letzten Reste der roten Körperflüssigkeit über den teuren Anzug des Toten.

Paul glaubte zu ersticken. Die eigene Verletzung, die Schwäche und der Stress brachten ihn fast einer Ohnmacht nahe. Dennoch blieb ihm nicht erspart zu sehen, wie die Spitzhacke aus dem Hals seines Gegenübers gerissen wurde.

Kurz war es still, dann hörte man ein Flüstern: »Und der Junkie ist als Nächstes dran.«

Pauls Verstand begann plötzlich wieder zu arbeiten. Damit konnte nur der Älteste der Gruppe gemeint sein. An dessen Namen erinnerte er sich, *Noah*. Außerdem wusste er noch, dass Noah ihnen Drogen verkaufen wollte. Dass er angegeben hatte, wie viel er als Dealer verdienen würde, und dass er Paul einen Job aufgedrängt hatte: »Du bist erst zwölf Jahre, da kann dir nichts passieren, außer, dass die Kohle fließt.«

Paul hatte einfach genickt, ganz sicher hätte er sich nicht mit diesem Noah angelegt. Wenn Noah starb, dann blieben nur noch er und Herr Bankert übrig.

* * *

Als Mark erwachte, spürte er etwas Weiches an seiner Seite. In der freudigen Erwartung, in Carinas hübsche Augen zu blicken, drehte er sich um, landete jedoch mit dem Gesicht in dem muffig riechenden Fell des älteren Rüden. Der hatte es sich bequem gemacht, sogar den Kopf aufs Kissen gelegt. Der andere Vierbeiner saß direkt vor dem Bett und starrte Mark an.

Gut gelaunt sagte der: »Na, wenn das normalerweise dein Platz ist, dann tu dir keinen Zwang an.«

Mit einem Satz sprang der Hund aufs Bett, drehte sich mehrmals im Kreis und ließ sich dann auf die Matratze fallen.

»Ihr scheint ja ausgezeichnet erzogen«, witzelte Mark und rief nach Carina.

Allerdings gab die ihm keine Antwort. Nach ein paar Streicheleinheiten für die Hunde hievte er sich schließlich in die Höhe und stand auf.

»Carina?«, sagte er nochmals etwas lauter und machte sich schließlich auf den Weg zum Badezimmer. So wie es aussah, war die Försterin nicht zu Hause.

Er fühlte sich ein wenig verloren, beschloss aber, nicht einfach aufzubrechen, sondern auf Carina zu warten. Es war noch früh und genug Zeit, bevor er den Dienst antreten musste. Davon ausgehend, dass Carina nichts dagegen haben würde, nahm er eine Dusche und putzte sich mit dem Finger und ein wenig Zahnpasta provisorisch die Zähne. Es wäre ihm unangenehm gewesen, seine neue Freundin mit schlechtem Atem zu küssen. Plötzlich erlitt er einen kleinen Schock. Was, wenn Carina gar nicht seine Freundin werden wollte, wenn ihr die letzte Nacht nichts bedeutet hatte?

Mit gemischten Gefühlen betrat er schließlich die Küche, hoffte, dass es womöglich eine Nachricht von ihr gab. Aber leider lag auch dort keine Notiz mit Herzchen und einem »Ich bin gleich zurück« oder »Ich besorge Brötchen, bitte mache Kaffee«.

Im Flurspiegel betrachtete er sein Gesicht. Das Tageslicht war unbarmherziger als das weiche Gelb des Badezimmerstrahlers. Zwar hatte sich die geschwollene Lippe zurückgebildet, doch das Veilchen konnte man, trotz Carinas Behandlung mit Immortelle und Arnika, deutlich erkennen.

Er seufzte und hielt es für eine gute Idee, die Tinkturen noch einmal aufzutragen. Zum Glück erinnerte er sich daran, dass Carina die Sachen im Wohnzimmer aufbewahrte, und zog ohne Scheu eine der Schubladen auf. Darin befand sich ein Sammelsurium an Kerzen und Teelichtern, und so öffnete er die nächste. Tatsächlich entdeckte er dort den Beutel mit dem Verbandszeug. Als er ihn herausnahm, fiel ihm ein Stoß Fotografien auf, und er konnte nicht widerstehen, sie durchzusehen.

Es waren lustige Bilder von den beiden Hunden, aber auch ausgesprochen schöne Aufnahmen vom Wald. Er erkannte den Zeltplatz, einen Bachlauf, den Eingang zu einer der alten Minen, der längst durch eine Sprengung verschlossen war, und auch die Blutschlucht, von oben im Sommer fotografiert. Mark fand es interessant, dass Carina noch echte Fotografien aufbewahrte, wo doch die meisten Menschen ihre Erinnerungen im Handy oder der Cloud speicherten.

Neugierig geworden, zog er einen weiteren Stapel heraus, und nachdem er den ebenfalls durchgesehen hatte, nahm er auch den weißen Umschlag in die Hand. Vielleicht gab es dort ja noch Aufnahmen von Carina. Ohne daran zu denken, dass er nun vielleicht die Privatsphäre der jungen Frau verletzen könnte, öffnete er ihn und bemerkte erstaunt, dass sich darin nicht Fotografien, sondern Zeitungsausschnitte befanden.

Junger Mann in Wutachschlucht verunglückt, las er, und abrupt war der Zauber der letzten Nacht vorbei. Instinktiv wusste er, dass dieser Ausschnitt etwas zu bedeuten hatte, sonst würde ihn Carina nicht aufbewahren. Aufmerksam las er weiter.

Junger Mann beim Wandern verunglückt. Der 24-jährige Samuel R. war mit seiner gleichaltrigen Freundin Carina W. auf einem Wanderausflug und verlor an einer besonders rutschigen Stelle den Halt. Wurde anfangs ein Verbrechen nicht ausgeschlossen, fehlten am Ende die Beweise, sodass nun von einem Unfall ausgegangen wird.

Marks Hände begannen zu zittern. Was bedeutete *aus Mangel an Beweisen?* Schnell las er einen weiteren Artikel aus einer anderen Zeitung. Aber auch dort wurde von einem Unglück gesprochen, das zunächst jedoch zu Ermittlungen geführt hatte. Im Umschlag lag noch ein Brief.

Wir schreiben Ihnen heute, damit Sie wissen, dass wir Ihnen niemals vergeben werden. Sie haben unseren Sohn auf dem Gewissen. Mörderin! Gleichgültig, was die Zeitungen schreiben, was die Polizei sagt, wir wissen, dass unser Samuel ein erfahrener Wanderer und Bergsteiger war. Niemals kann das ein Unfall gewesen sein. Mörderin ...

So ging es noch einige Zeilen weiter. Unterschrieben war das Ganze mit: *Die Eltern von Samuel.*

Mark atmete durch, warum bewahrte Carina das auf? Aus Scham, aus Wut oder etwa aus Schuld? Womöglich wollte sie so nie vergessen, was sie getan hatte. Sofort schämte sich Mark für diese Gedanken. Er hatte oberflächliche Zeitungsartikel und den Brief verzweifelter Eltern gelesen, war es deshalb gerecht, Carina in irgendeiner Weise zu verdächtigen? Andererseits … warum hatte sie ihm nichts von diesem Samuel und dem Unglück erzählt? Wäre das angesichts des Felssturzes nicht logisch gewesen, vor allem, wenn sie nichts zu verbergen hatte? Und warum lag ihr so viel daran, ihn davon zu überzeugen, dass Dennis Bankert und die Jugendlichen Opfer eines Unfalls geworden waren?

Automatisch merkte er sich die Adresse, an die das Schreiben der Eltern adressiert gewesen war. Offenbar hatte Carina früher einmal in Titisee-Neustadt gelebt. Dann räumte er alles wieder an seinen Platz.

Plötzlich schrak er zusammen, die Hunde stürmten bellend und winselnd in den unteren Stock.

Carina trat ein und wurde zunächst von den Vierbeinern begrüßt, die sie liebevoll, aber bestimmt dazu aufforderte, sich abzuregen. Als sie Mark im Wohnzimmer entdeckte, schien sie überrascht.

»Oh, du bist noch da«, sagte sie fahrig, und es war

schwer einzuschätzen, ob sie deshalb nun freudig überrascht oder enttäuscht war.

»Ich war so frei zu duschen und habe nach deinem Wundermittel gegen blaue Flecken gesucht.« Er deutete auf die Schublade, wollte sich weiter erklären, da entdeckte er das Blut. »Um Gottes willen«, rief er aus und trat auf sie zu, »bist du verletzt?« Auf ihrer beigen Jacke sah man deutliche Blutflecken.

»Stammt nicht von mir«, antwortete sie, sah ihn jedoch nicht an, sondern starrte auf die geöffnete Schublade. Sie runzelte die Stirn, entschied sich aber, keine Fragen zu stellen.

»Von wem ist das Blut?«, fragte er mit belegter Stimme, und ohne es vermeiden zu können, schwang ein Vorwurf mit.

»Von einem gerissenen Feldhasen. Dankenswerterweise hat der Fuchs die Hälfte von seiner Beute direkt auf dem Wanderweg liegen lassen. Damit das keine Spaziergänger oder Touristen erschreckt, musste ich die Überreste ins Unterholz schaffen«, erwiderte sie gespielt genervt. »Ich sollte mich umziehen, und dann sind die Hunde dran. Wenn du mich begleiten willst, bist du herzlich eingeladen. Wie es aussieht, habt ihr drei ja bereits Freundschaft geschlossen«, sagte sie mit einem herzlichen Lächeln. Dann tätschelte sie den älteren Hund und erklärte: »Kein Wunder, ihr zwei seid ja quasi auch Kollegen. Joschi war früher als Suchhund bei der Hundestaffel, bevor er bei mir in Rente ging.«

»Ich würde gerne mitkommen, aber ich muss los«, entgegnete Mark linkisch und hasste sich für seine Unehrlichkeit. Doch irgendwie hatten ihn die gefundenen Unterlagen alarmiert. Er dachte an Lisa und wie sie ihn manipuliert, verletzt und belogen hatte. War es da nicht nachvollziehbar, dass er sich davor schützte, erneut einer Frau auf den Leim zu gehen? Besser, es mit Carina zunächst langsam angehen zu lassen. Plötzlich hatte er ein regelrechtes Bedürfnis zu flüchten. War das die Panik eines gebrannten Kindes? Er blickte sogar demonstrativ auf die Uhr. »Oh, höchste Zeit«, fügte er noch an, hauchte ihr einen flüchtigen Kuss auf die Wange und eilte zur Tür.

Carina sah ihm einen Augenblick nach, ging zum Schrank und begutachtete den Inhalt der Schublade. Auch wenn alles wieder ordentlich darin lag, ahnte sie dennoch, dass Mark den Umschlag gefunden hatte. Wut stieg in ihr auf, und laut fluchte sie: »Verdammt sein sollst du, Samuel.«

13

Als Mark den Polizeiposten erreichte, stellte er zu seiner Überraschung fest, dass man bereits auf ihn wartete. Bertha Tänner trotzte dem eisigen Wind, was den Polizeihauptmeister befürchten ließ, dass etwas passiert sei.

»Wird Zeit, dass du kommst«, blaffte die Tännerin statt einer Begrüßung. »Was ist mit deinem Auge?«

Er bat sie einzutreten, nachdem er aufgeschlossen hatte, gab ihr allerdings keine Erklärung, und sie schien ihre Frage bereits wieder vergessen zu haben. Stattdessen sah sie sich suchend um.

»Bringt die Gabi schon ihr Kind auf die Welt, oder warum ist die nicht da?«

»Ultraschall«, antwortete Mark pflichtschuldig.

»Schon verrückt, was es heute alles gibt«, kommentierte die Tännerin diese Information. »Früher haben die Frauen ihre Kinder ohne Hilfe einfach so auf die Welt bringen müssen. Sind viele gestorben. Ganz schön tragisch, dass das so lange gedauert hat, bis man für uns mal was tut. Meine Mutter hat immer gesagt, wenn die Männer die Kinder kriegen müssten, dann hätten die schon längst was gegen die Schmerzen erfunden. Aber Frauengesundheit zählt ja nicht.«

»Ich wusste gar nicht, dass Sie so engagiert für die Frauenrechte einstehen«, erwiderte Mark ohne Ironie.

»Pah, du weißt noch viel nicht«, gab sie ihm auf ihre ruppige Art Antwort und lehnte sich nun über den Empfangstresen. Ihre knochigen Finger lagen auf der Resopalplatte, während sie sagte: »Hat gestern Nacht noch Ärger gegeben, hinten, in der Kupfergasse 12.«

»Bei Lisa?«

Die Tännerin nickte. »Der mit dem lauten Auto war wieder da, ziemlich spät. Dieses Mal ging er jedoch nicht ins Haus.«

»Was genau ist passiert?«, fragte Mark neugierig, und Bertha Tänner hatte sichtlich Spaß, ihn ein wenig zappeln zu lassen. »Erzählen Sie's mir nun oder nicht?«, wurde er ungeduldig.

»Schon gut«, gab sie sich geschlagen. »Der Typ hat geschrien: ›Warum hetzt du mir deinen Bullen auf den Hals?‹« Ein wissender Blick glitt über Mark. »Und Lisa hat gebrüllt: ›Das habe ich ganz bestimmt nicht.‹« Sie grinste hämisch. »Er hat ihr aber nicht geglaubt und gesagt, er wäre mit ihr fertig. Sie würde nur

Schwierigkeiten bedeuten und dass Florence recht gehabt hätte. Wer ist *Florence?*«, fragte die Tännerin ungeniert.

»Keine Ahnung«, log Mark und sah erwartungsvoll in das runzlige Gesicht seines Gegenübers.

»Jedenfalls hat er dann noch gesagt: ›Warum ermitteln die Cops wegen Noah, ich dachte, der ist bei dem Absturz draufgegangen?‹, und Lisa dann: ›Woher soll ich das wissen?‹ Woraufhin der Typ erwidert hat: ›Lass dich jedenfalls nie wieder bei mir blicken.‹«

»Das war's?«, hakte Mark nach.

»Das war's. Die haben nicht die ganze Zeit so laut gesprochen, mehr habe ich nicht verstanden«, bestätigte die Tännerin. »Die Gabi bietet mir für gewöhnlich Kaffee an«, fuhr sie vorwurfsvoll fort.

»Hab noch keinen aufgesetzt«, rechtfertigte sich Mark.

»Ich warte«, sagte die alte Frau und setzte sich auf einen der Besucherstühle.

Der Polizeihauptmeister gab sich geschlagen, und kurze Zeit später zog ein feiner Kaffeeduft durch die Büros. Er reichte der Tännerin einen Becher, und die sah ihn mit verschmitzten Augen an. »Hast dich in die schöne Försterin verguckt, was?«

Mark fand, dass das nun zu weit ging, aber bevor er etwas sagen konnte, sprach die Alte weiter. »Pass nur auf, dass du nicht vom Regen in die Traufe kommst. Bei der stimmt womöglich auch etwas nicht.«

Obwohl er eigentlich überhaupt keine Lust hatte, sich mit der alten Frau über sein Liebesleben zu unterhalten, plagte ihn die Neugier, und er fragte: »Wie kommen Sie darauf?«

»So eine schöne junge Frau, und dann zieht die ausgerechnet in unser gottverlassenes Dorf. Lebt mit zwei Hunden in einer Hütte im Wald, ganz allein.«

»Sie ist Försterin, und ihr Vorgänger hat auch dort gewohnt, allein.«

»Der sah ja auch zum Fürchten aus. Da war es schon besser, dass der so abgeschieden gelebt hat. Aber diese Carina, die hat bestimmt ein Geheimnis.«

»So wie wir alle«, warf Mark ein, und die Tännerin kicherte, schien sich an vergangene Zeiten zu erinnern und seufzte: »Wohl wahr.«

In diesem Augenblick öffnete sich die Tür, und Gabriele Veit trat ein. In einer Hand ein Kuchenpaket von der hiesigen Bäckerei.

»Ah, ich rieche Kaffee«, begrüßte sie ihren Kollegen und Bertha Tänner.

»Du hast uns Kuchen mitgebracht?«, entgegnete Mark amüsiert.

»Eigentlich war der für mich …« Sie hielt inne, fand, dass das dann doch zu unhöflich war, und sagte resigniert: »Ich soll ja sowieso nicht so viel Süßes essen.« Dann bemerkte sie Marks Veilchen. »Was ist dir denn passiert?«

Mark drückte sich um eine Antwort, indem er einen vielsagenden Blick in Richtung Bertha Tänner warf und sich dann schnell verabschiedete. »Ich drehe meine Runde, bis später.«

Kaum war er aus der Tür, sagte die Tännerin: »Der geht bestimmt in die Kupfergasse 12«, woraufhin sich Gabriele Veit von der alten Frau die Neuigkeiten erzählen ließ.

14

In der Kupfergasse

Als Mark wenig später das Haus mit der Nummer 12 erreichte, empfing ihn Lisa unfreundlich. »Was willst du?«, schnauzte sie, und von dem Bedauern, das sie ihm erst gestern versichert hatte, war momentan nichts mehr übrig.

»Mit dir reden«, gab er ruhig Antwort.

»Wir haben nichts mehr zu reden«, erwiderte sie zornig und gab immer noch nicht die Tür frei. »Du hast Volker Rosstal bedroht. Ist das überhaupt legal?«

»Ich bin Polizist«, entgegnete er kalt und fragte sich, worauf das nun hinauslief.

»Du hast dich erstens nicht als Polizist ausgewiesen und ihn zweitens geschlagen«, zischte sie.

»Hat er dir auch gesagt warum?«

Lisa lachte auf. »Offenbar, um meine Ehre zu verteidigen«, warf sie ihm an den Kopf. »Nur, dass das klar ist, ich habe dich nicht darum gebeten.«

»Das hörte sich gestern aber anders an. Da warst du doch noch auf der Suche nach Halt und Stabilität«, begann sich der Polizeihauptmeister über ihr Verhalten zu ärgern. »Und heute wirfst du mir vor, dass ich dir einen Typen wie Rosstal vom Hals geschafft habe.«

»Ich brauche niemanden, der mir irgendwen vom Hals schafft. Ich habe nie gesagt, dass ich das will.«

»Da muss ich mich natürlich fragen, warum das so ist«, platzte Mark der Kragen. »Und das frage ich jetzt nicht als Ex-Verlobter, sondern als Polizist. So langsam macht es nämlich den Eindruck, dass du deine verjährten Aktivitäten wieder aufgenommen hast.«

Für eine Sekunde war sie aus dem Konzept gebracht, dann änderten sich ihre Züge. Offenbar hatte sie den Eindruck, zu weit gegangen zu sein, denn nun warf sie ihm einen schüchternen Blick zu. »Es tut mir leid«, flüsterte sie, »es ist nur …« Sie suchte anscheinend nach den richtigen Worten und stammelte schließlich: »Volker hat mir Vorwürfe gemacht und mir die Freundschaft aufgekündigt. Ich habe hier nicht allzu viele Bekannte, genau genommen überhaupt niemanden.« Plötzlich kullerte eine Träne über ihre Wange, und sie schluchzte: »Ich fühle mich so einsam, dass ich selbst die Gesellschaft von einem Typen wie Rosstal vermisse.« Sie blickte auf und seufzte: »Ich weiß, das ist armselig. Ich sollte dir dankbar sein.«

»Ja, das solltest du«, erwiderte Mark, der zu seiner Erleichterung feststellte, dass er kein Mitleid mit ihr empfand. Auch hatte er heute nicht das Bedürfnis, sie sofort in die Arme zu schließen. Seine Gedanken schweiften ab. Er erinnerte sich an die Nacht mit Carina, den Zeitungsausschnitt über den Tod eines gewissen Samuel R., und plötzlich realisierte er, wie wenig ihn Lisas Erklärungen noch interessierten.

»Hörst du mir überhaupt zu?«, fuhr ihn Lisa plötzlich an.

»Sicher«, sagte er geistesabwesend. »Du bleibst also dabei, dass du mit Volker Rosstals Drogengeschäften nichts zu schaffen hast.«

»Natürlich«, antwortete sie erbost darüber, dass er ihr keinen Trost spendete. »Behandle mich nicht wie eine Kriminelle.«

Er verkniff sich einen Kommentar, fragte stattdessen: »Wo ist Matteo?«

»Schule«, entgegnete sie knapp.

»Dann lass uns noch einmal über den Vaterschaftstest sprechen.«

»Der wird nicht nötig sein.« Lisa verschränkte demonstrativ die Arme vor der Brust.

»Ich werde ihn vor dem Familiengericht einklagen«, wurde Mark deutlicher.

»Unnötig, du bist nicht der Vater«, antwortete sie schnippisch.

»Und das weißt du jetzt plötzlich?«, fragte er sarkastisch. »Wie kommst du zwischenzeitlich zu dieser Erkenntnis? Gestern warst du ja noch komplett ahnungslos.«

»Vielleicht war es einfach nur so, dass ich mir gestern gewünscht hätte, du wärst der Vater.« Sie sah auf, unschuldig, verzweifelt, und wirkte ernst, als sie sagte: »Du fehlst mir.« Vorsichtig kam sie einen Schritt näher, berührte ihn allerdings nicht. »Es tut mir leid, dass ich so wütend geworden bin, aber ich verstehe dich einfach nicht. Du prügelst dich meinetwegen mit Rosstal, und doch gibst du uns keine Chance. Wir könnten das hinbekommen.«

Tatsächlich war er kurz versucht, auf sie zuzugehen, dann jedoch tauchte das Bild von Carina vor seinem geistigen Auge auf, und er sah klar. »Wir können das nicht wieder hinbekommen«, erwiderte er und fügte an: »Ich kann das nicht hinbekommen.«

Lisa verzog missbilligend das Gesicht und schnauzte: »Dann hör auf, mich zu besuchen. Das nächste Mal schicke mir eine Vorladung, wenn du etwas wissen willst, und überhaupt«, schnappte sie wütend, »ich gehe zurück zu Matteos Vater. Jetzt weiß ich ja, dass meine Entscheidung, dich nicht zu heiraten, die beste meines Lebens gewesen ist.« Damit verschwand sie im Haus und knallte ihm die Tür vor der Nase zu.

* * *

Mark hatte gerade den Rathausplatz erreicht, als ihm Lisbeth Holder über den Weg lief.

»Na, Herr Ehmann, wie geht es?«, fragte die Sekretärin des Bürgermeisters freundlich.

Er empfand ihre Art nach dem Streit mit Lisa als angenehm. Deshalb blieb er kurz stehen und antwortete: »Alles in Ordnung und bei Ihnen?«

Sie bemerkte sein Veilchen und sagte bedauernd: »Wieder irgendwelche jugendlichen Schläger?«

Spontan fragte er: »Wieso *wieder?*«, und konnte so einer Erklärung bezüglich seines blauen Auges ausweichen.

»Na, ich rede von der Gruppe, die in die Blutschlucht gestürzt ist. Bei der Sache mit dem Ladendiebstahl hatte ich schon den Eindruck, dass denen Gewalt nicht fremd ist«, erwiderte sie bestimmt. »Der mit den weißen Haaren war unverschämt frech, und der Ältere, der Große, war so was von überdreht. Bei dem hätte es mich nicht gewundert, wenn er uns nachts die Scheiben eingeschlagen hätte.«

»Er hat Ihnen Angst gemacht?«, fragte Mark verständnisvoll.

»Mir macht niemand so leicht Angst.« Lisbeth Holder reckte das Kinn nach vorn. »Ich habe in den letzten Jahrzehnten gelernt, mich zur Wehr zu setzen. Wenn Sie in einem Verwaltungsapparat tätig sind, ist es besser, diese Kunst zu beherrschen«, erklärte sie ausgesprochen offen.

Mark hatte den Eindruck, dass sie den Moment

nutzte, sich selbst einmal für ihr langes Durchhaltevermögen im Vorzimmer der verschiedenen Bürgermeister auf die Schulter zu klopfen.

»Wem sagen Sie das?«, ging er deshalb darauf ein und fügte mit einem Augenzwinkern an: »Als Staatsdiener wird einem ganz schön was abverlangt.«

Sie lachte auf. »Wir sitzen im selben Boot, umgeben von Menschen, die uns zum Kentern bringen möchten.« Daraufhin fiel ihr noch etwas ein. »Apropos, haben Sie zufällig den Schierbach gesehen?«

Mark verneinte das und hakte nach: »Warum? Was ist mit dem?«

»Der Termin wegen seiner Appartementanlage ist geplatzt, und niemand kann ihn erreichen. Normalerweise lässt der so ein wichtiges Treffen im Rathaus nicht sausen, geht schließlich um seine Interessen.« Sie zuckt mit den Schultern. »Aber womöglich hat der schon wieder etwas Neues ausgeheckt. Der wird sich sicher bald melden und um einen neuen Termin feilschen.« Sie hob die Hand zum Gruß und ging mit schnellen Schritten zurück ins Rathaus.

Mark marschierte durch die Gassen hinter dem Gebäude und stierte dabei auf das vom Nieselregen feuchte Kopfsteinpflaster. Wenigstens pfiff ihm hier der Wind nicht so um die Ohren wie auf dem großen

Platz. Das Wetter verhinderte immer noch, dass die Bergrettung tiefer in die Schlucht steigen konnte. Seine Gedanken schweiften erneut zu Dennis Bankert und den Jugendlichen, dieses Mal konzentrierte er sich auf Noah. Lisbeth Holder hielt ihn für aggressiv, seine Drogenvergangenheit und der Fund der Pillen im Zelt hätten ihn für seinen Betreuer zum Problem werden lassen können.

Er seufzte gut vernehmlich, was das ältere Ehepaar, das an ihm vorbeitippelte, aufblicken ließ. Mark grüßte freundlich und setzte seinen Weg fort. Der Regen wurde stärker, und so steuerte er den Polizeiposten an. Zu seiner Erleichterung war Gabriele Veit gerade in eine Diskussion mit einem Mitglied des Gemeinderats vertieft. Sie besprachen Einzelheiten zum Valentinsmarkt im Februar, etwas, wozu man ihn nicht benötigte. Spontan sagte er deshalb: »Ich müsste heute Nachmittag etwas erledigen, du erreichst mich auf dem Handy.«

Gabriele sah ihn neugierig an, verkniff sich aber eine Nachfrage. Ihr Blick bedeutete jedoch, dass er ihr später Rede und Antwort stehen musste.

15

Am späten Nachmittag in einer ehemaligen Mine in Goldeisental

Noah saß gegen den Fels gelehnt, konnte von seinem Platz aus den toten Eric sehen, der an den Rücken des Neuen gebunden war. Der sechzehnjährige Noah fühlte sich elend, richtig krank. Die letzten Tabletten hatte er eingeworfen, kurz nachdem sie am Zeltplatz angekommen waren.

Bankert hatte Wanderungen geplant, wollte zu irgendeiner Schlucht und quer durch den Wald. Keiner der Jungs hatte Bock gehabt, höchstens der Neue, dieser Paul, der lief dem Bankert hinterher wie ein Hündchen. Noah hatte ihn von Anfang an nicht gemocht, warum durfte sich ein Fremder in die Gruppe drängen? Der Bankert hatte sich natürlich intensiv um den Zwölfjährigen gekümmert. Noah hätte es nie zugegeben, aber für ihn war der Bankert immer noch der beste Erzieher von allen, und er war eifersüchtig gewesen. Überhaupt war der ganze Ausflug von vornherein ein Reinfall gewesen.

Volker Rosstal hatte ihm gesagt, er könne nach dem Zelten bei einer Frau in Goldeisental eine größere Menge Pillen abholen. Der Verkauf hätte ihm gutes Geld gebracht, doch das spielte jetzt keine Rolle mehr, denn hier käme er sicher nie lebend heraus. Alles wäre anders gekommen, wenn Bankert nicht mit dem Bürgermeister verhandelt hätte. Wäre die Polizei wegen des Theaters im Souvenir-Shop aufgetaucht, würde er nicht hier sitzen und auf seinen Tod warten. Mindestens die Ohrfeige, die Eric kassiert hatte, wäre Grund genug gewesen, wieder nach Hause zu fahren. Sie hatten gelacht, deshalb ihre Witze gemacht, aber auch das war vorbei. Nie wieder lachen.

Noah riss die Augen weit auf, er wollte kein Feigling sein, nein, als Feigling wollte er nicht sterben. Der kurze Schmerz war dennoch unerträglich, als die Spitzhacke tief in seine Stirn getrieben wurde, wie ein Nagel in eine Gipswand. Noch einmal bäumte sich sein Körper auf, als man an ihr riss und sie nach hinten über seinen Kopf zog. Dabei hinterließ das mörderische Werkzeug einen blutigen Mittelscheitel. Die Wut, mit der die Spitzhacke geführt wurde, war so gewaltig, dass die Schädeldecke an einigen Stellen regelrecht zerfetzt wurde und dadurch tiefe Löcher entstanden, die wie kleine Fenster den Blick auf die Hirnrinde freigaben.

Noah war tot, und doch malträtierte man seinen Körper noch weiter. Fast schien es, als wollte man ihm das Herz entnehmen, denn die Spitzhacke zertrümmerte seinen Brustkorb und drosch wieder und wieder auf ihn ein. Blutiges Fleisch, gebrochene Knochen und der metallene Geruch kündigten einen weiteren Toten an. Und jeder, der in diesem Minenschacht bisher gestorben war, hätte sich gewünscht, er wäre stattdessen in die Blutschlucht gestürzt und unter einem Berg von Geröll begraben worden, anstatt die andauernde Angst und schließlich unerträgliche Schmerzen und einen qualvollen Tod aushalten zu müssen.

* * *

Zur gleichen Zeit war Mark auf dem Weg zu der Adresse, die auf dem an Carina adressierten Umschlag gestanden hatte. Der Brief von Samuels Eltern war nach Titisee-Neustadt geschickt worden. Mark fühlte sich unwohl dabei, kam sich Carina gegenüber wie ein Verräter vor.

Aber, sagte er sich, *ich muss wissen, was da los war.*

Nach der Enttäuschung mit Lisa wollte er nicht noch einmal riskieren, verletzt und belogen zu werden. Außerdem ersparte ihm das ein Nachfragen bei Carina.

»Na toll«, sagte er nun laut zu sich selbst. »Ich spioniere die Frau, die mich glücklich machen könnte, nicht nur aus, ich bin auch noch zu feige, sie zur Rede zu stellen.«

Aber da er nun bereits den Stadtteil Neustadt erreicht hatte, konnte er seine Nachforschungen auch genauso gut abschließen. Vermutlich würde er sowieso niemanden antreffen, der ihm Auskunft geben konnte, immerhin lag Samuels Tod bereits zehn Jahre zurück.

Unkonzentriert war er in die falsche Straße eingebogen. Er sah einen Museums-Wegweiser Richtung *Neustädter Heimatstuben,* fuhr weiträumig am Kurgarten vorbei und erreichte schließlich sein Ziel.

»Zumindest steht das Haus noch«, murmelte er und stieg aus.

Erfreulicherweise schien die Sonne, allerdings schenkte sie keine Wärme, sondern nur ein wundervolles Licht, das den vereisten Dächern einen bläulichen frischen Schimmer verlieh.

Es gab nur einen Klingelknopf, und er betätigte ihn. Kurz darauf öffnete ein Mädchen, etwa sechs Jahre alt, mit kunstvoll geflochtenen blonden Zöpfen und schokoladenverschmiertem Gesicht.

»Viola, du sollst doch nicht einfach die Tür öffnen«, hörte er aus dem Flur eine Stimme, dann schnelle Schritte, und schließlich blickte er in das kampflustige Gesicht einer Frau Anfang dreißig, die ihm mit ihrer

Körpersprache klar zu verstehen gab, dass sie ihn hier und jetzt verprügeln würde, wenn er ihrer Tochter auch nur ein Haar krümmen wollte.

»Wer ist da?«, rief es von hinten, und ein weiteres Mädchen, etwas älter als die mutmaßliche Viola, eilte herbei.

»Wer sind Sie und was wollen Sie?«, fragte man ihn schroff, wobei die Kinder von der Mutter mit kräftigen Armbewegungen hinter deren Rücken geschoben wurden.

Mark hielt es für das Beste, gleich seinen Dienstausweis zu zeigen. »Sie haben von mir nichts zu befürchten«, erwiderte er verlegen. »Ich bin von Beruf Polizist, allerdings als Privatmann hier.«

Sie blickte auf den Ausweis, studierte ihn genau und schien sich schließlich zu entspannen. »Und um was geht es?«, fragte sie nun neugierig geworden.

»Um Carina Weisenberg, falls Sie die Frau kennen«, antwortete Mark zögerlich.

»Ich kenne Carina«, entgegnete sein Gegenüber. »Sie sind Polizist, aber privat hier, und es geht um Carina.« Sie grinste, wie Mark fand, ein wenig gehässig, bevor sie sagte: »Kann es sein, dass Sie gerade dabei sind, Erkundigungen über Ihre Freundin einzuholen?«

Zu seinem Ärger lief Mark rot an, stammelte: »Nein, so ist das nicht. Ich glaube, ich gehe besser wieder.«

Sie gab einen undefinierbaren Laut von sich und

sagte dann: »Ich bin Fiona, ich habe mit Carina zusammengewohnt, damals, als sie noch in Freiburg studiert hat.«

»Sie waren also Freundinnen«, schloss Mark daraus.

»So was in der Art«, entgegnete sie und gab die Tür frei. »Kommen Sie rein, ich habe gerade einen Kaffee aufgesetzt. Lassen Sie uns über alte Zeiten quatschen.«

Auf dem Weg zur Küche ließ Fiona mit lauter Stimme einige Ermahnungen los, um die Kinder davon abzuhalten, wegen der Fernbedienung zu streiten und mit Schokoladenfingern auf der weißen Couch zu sitzen.

Mark sah sich um und stellte fest, dass der untere Stock sehr modern eingerichtet war, so als wäre erst kürzlich eine Renovierung erfolgt.

»Wir haben alles umgebaut«, erklärte Fiona, als sie seinem Blick folgte. »Das ist das ehemalige Haus meiner Großeltern. Ich habe es geerbt und vor zehn Jahren als WG genutzt. Mit der Miete der anderen konnte ich mich und mein Studium finanzieren. Mein Mann ist selbstständiger Rechtsanwalt«, fügte sie an, und es klang ein wenig angeberisch. »Da müssen wir natürlich auch repräsentieren«, sprach sie weiter, und Mark sah sich darin bestätigt, dass Fiona das Bedürfnis hatte, zu prahlen. »Mein Mann ist sehr erfolgreich«, setzte sie noch nach, während sie ihren Gast in die Küche führte. Auch dort war alles vom Feinsten.

»Schön hier«, hielt es Mark für angebracht, ein Kompliment zu machen.

»Wir legen sehr viel Wert auf Qualität, mein Mann und ich«, erwiderte sie daraufhin und bat ihren Gast, an der gewaltigen Theke der offenen Küche Platz zu nehmen. Die glänzenden Oberflächen der Küchenmöbel gaben dem Polizeihauptmeister das Gefühl, in einem Einrichtungshaus zu sitzen.

Fiona stellte ihm eine Tasse Kaffee vor die Nase, setzte sich ihm gegenüber und fragte: »Was wollen Sie denn wissen?«

Kaum hatte sie die Frage gestellt, folgte ein Schrei in Richtung der Kinder, die nun über die Sessel turnten. »Geht in euer Spielzimmer«, meckerte Fiona, was die Mädchen antworten ließ: »Wir sehen nur fern.«

»Dann macht das leise, ich habe Besuch«, schnauzte Fiona zurück und widmete sich mit einem Lächeln wieder Mark.

»Mich interessiert einfach, wie Carina so war«, begann er, um den heißen Brei herumzureden. Eine wirkliche Ausrede für seine Fragen hatte er nicht parat. Doch da er annahm, Fiona hätte keine großen Gefühle gegenüber Carina, zumindest keine positiven, benutzte er eine Lüge, die ihr womöglich gefallen könnte. »Ich kenne Carina nur flüchtig, aber mein bester Freund ist hoffnungslos in die Frau verliebt. Leider hat der eine schlimme Trennung hinter sich und ist auch, was Frauen angeht, ein wenig naiv.«

Ihr Gesichtsausdruck verriet ihm, dass ihr diese Geschichte tatsächlich gefiel, und so fuhr er fort: »Ich bin, wie ich bin«, gab er lässig zu. »Als Polizist hinterfrage ich die Dinge. Ich möchte Ihnen ja nicht zu nahe treten«, tat er nun verlegen, »Sie sind immerhin mit Carina befreundet gewesen, aber ich persönlich …« Noch einmal zögerte er, und Fiona hing förmlich an seinen Lippen. »Ich persönlich habe erhebliche Vorbehalte gegen die Frau.«

Es war, als wäre seinem Gegenüber ein gewaltiger Stein vom Herzen gefallen. Fiona wirkte regelrecht beseelt von seinen Worten.

»Sie haben ja so recht«, war es ihr ein Bedürfnis, ihm zuzustimmen. »Wie erfrischend, dass ein Mann die Dinge so klar sieht.«

»Es erleichtert mich, in Ihnen offenbar jemanden mit scharfem Verstand gefunden zu haben. Mein Freund ist ein Mensch, den man gelegentlich vor sich selbst schützen muss, deshalb bin ich für Ihr Verständnis sehr dankbar.«

Fiona fühlte sich sichtlich geschmeichelt und war geradezu versessen darauf, nun schmutzige Wäsche über Carina zu waschen. Auch wenn Mark das abstoßend fand, gelangte er so vermutlich am schnellsten an Informationen.

»Carina war immer so *hip*. Jeder wollte mit Carina zusammen sein, dabei war das alles nur Fassade. Sie wissen schon, ein schönes Gesicht, aber keine Substanz. Mein Mann sagt immer, dass er sich hundertprozentig auf mich verlassen kann, das sind die Dinge, die zählen. Was für einen Beruf hat denn Ihr Freund?«, fragte sie beiläufig.

Mark beschloss, ihr noch mehr Vergnügen zu bereiten, indem er antwortete: »Er ist gerade auf Jobsuche, wie gesagt, er hat eine schwere Zeit hinter sich.«

»Na, ob ihm Carina da eine Hilfe sein wird?«

»Haben Sie daran Zweifel?«, stellte sich Mark dumm.

»Die Carina von damals war jedenfalls wenig am Wohl anderer interessiert. Vielleicht wird man so, wenn man als Einzelkind aufwächst. Ihre Eltern haben sie verwöhnt, damit ging sie automatisch davon aus, die Welt würde sich nur um sie drehen«, schnappte Fiona und schob sich genüsslich einen Keks in den Mund. Offenbar übrig gebliebenes Weihnachtsgebäck. Großzügig bot sie Mark davon an.

»Aus dem teuersten Feinkostgeschäft, wir hatten über die Feiertage Gäste, die haben wir natürlich richtig verwöhnt«, stellte sie klar.

Mark, der gedanklich jedes einzelne dieser armen geladenen Geschöpfe bedauerte und annahm, dass diese sich den ganzen Abend über Prahlereien hatten anhören müssen, probierte ebenfalls ein Stück Gebäck und lobte es angemessen.

Fiona machte ein zufriedenes Gesicht und erklärte: »Ich möchte ja nicht schlecht über Carina reden, aber damals diese Sache mit Samuel, das war schon ziemlich übel.«

»Oh, der Name sagt mir nichts«, gab sich Mark unbedarft. »Wer ist Samuel?«

»Fragen Sie besser, wer das *war*«, fuhr sie geheimnisvoll fort.

Pflichtschuldig hakte Mark nach, und Fiona begann zu erzählen. »Ich fühle mich deswegen immer noch schuldig. Ich war nämlich diejenige, die Samuel Roller zuerst gekannt hat. Ich habe ihn Carina damals vorgestellt.« Sie schnalzte verächtlich mit der Zunge. »Eigentlich war er an mir interessiert gewesen, aber ich war mir unsicher, und so blieb er dann bei Carina hängen.«

Mark bezweifelte, dass es sich so abgespielt hatte, denn die Eifersucht war Fiona tatsächlich ins Gesicht geschrieben. Giftig fügte sie nämlich noch an: »Carina hat sich natürlich auch zwischen uns gedrängt, jedenfalls hat Samuel für seine Entscheidung mit dem Leben bezahlt.«

»Du meine Güte«, stieß Mark hervor und beflügelte sie dadurch, fortzufahren.

»Die beiden hatten da so ein Wander-Ding.« Die Art, wie sie das sagte, machte klar, dass sie mit solchen Betätigungen nichts am Hut hatte. »Die waren oft draußen, vor allem Samuel, der hat auch Extrembergsteigen und so Zeugs gemacht. Carina war ja ebenfalls sportlich«, fuhr sie gereizt fort. »Jedenfalls gab es ein tragisches Unglück. Samuel ist in der Wutachschlucht abgestürzt.«

»Und was hatte das mit Carina zu tun?«, fragte Mark bemüht, nicht zu interessiert zu klingen.

»Die Polizei war hier.« Sie grinste. »Ich erzähle Ihnen also keine Geheimnisse, vermutlich gibt es irgendwo in Ihren Computern sogar eine Akte.«

»Sicher«, erwiderte Mark, »aber für private Zwecke kann ich den Polizeiapparat natürlich nicht nutzen. Deshalb bin ich dankbar, wenn Sie mir die Einzelheiten erzählen würden.«

»Selbstverständlich gerne, obwohl es nicht viel zu erzählen gibt. Die Beziehung zwischen Carina und Samuel war nicht ganz einfach, auch wenn sie natürlich nach seinem Tod so tat, als wäre er ihr Ein und Alles gewesen. Es gab Streit zwischen den beiden.«

»Worüber?«, hakte Mark automatisch nach.

»Eifersucht, fragen Sie mich aber nicht, wer auf wen. Ich gehe jedoch davon aus, dass Carina diejenige welche war. Sie konnte sehr besitzergreifend sein. Bei den Ermittlungen kamen dann entsprechende Gerüchte auf. Irgendwer hat wohl einige Bemerkungen gemacht.«

Und ich weiß, dass du das warst, dachte Mark ärgerlich.

»Jedenfalls stellte sich die Frage, ob Carina nicht, in einem Anfall von eifersüchtiger Raserei, Samuel einen kleinen Schups gegeben hat. Womöglich forderte er die Trennung.«

»Wurde sie denn verhaftet?«, wollte Mark wissen.

»Nein«, äußerte sich Fiona bedauernd. »Offenbar hat sie die Beamten um den kleinen Finger gewickelt, das konnte sie gut.«

»Und wie ging es dann weiter?«

»Sie wurde vollständig entlastet. Danach hat sie das Lehramt-Studium in Freiburg abgebrochen und sich in Rottenburg eingeschrieben, um etwas zu machen, das näher an der Natur ist.« Sie machte ein abschätziges Gesicht, um zu zeigen, dass sie von der Berufswahl ihrer ehemaligen Mitbewohnerin nichts hielt. »Kurz darauf ist sie ausgezogen. Ich habe ihr noch die Post nachgeschickt, aber nicht einmal dafür habe ich je ein Dankeschön erhalten«, beschwerte sich Fiona.

»Das ist ziemlich unhöflich gewesen«, empörte sich Mark.

»Nicht wahr?«, freute sich Fiona über den Verbündeten. »Wenn Sie Ihrem Freund einen Gefallen tun möchten, dann warnen Sie ihn besser vor Carina. Ich nehme ja nicht an, dass Sie bereits schon einmal verheiratet war oder Kinder hat?«, fragte sie harmlos nach, obwohl sie die Antwort kaum erwarten konnte.

»Nicht, dass ich wüsste«, erwiderte Mark.

»Dann soll sich Ihr Freund besonders in Acht nehmen. Es gibt genug Frauen, die nur einen Mann suchen, der sie finanziell absichert und mit dem sie angeben können. Schrecklich, diese Oberflächlichkeit«, fügte sie seufzend an und bediente sich erneut am Gebäck.

Mark, der genug von der ganzen Heuchelei hatte, stand auf und verabschiedete sich höflich. »Sie haben mir sehr geholfen.«

»Das freut mich«, entgegnete Fiona sehr mit sich zufrieden.

Eigentlich hätte Mark erwartet, dass jetzt noch die Bitte folgen würde, Carina nichts von ihrem Gespräch zu erzählen, aber offenbar war ihr das gleichgültig.

Dennoch versicherte er: »Und keine Sorge, das, was Sie mir anvertraut haben, bleibt unter uns.«

16

Mark kam gerade zurück von Titisee-Neustadt und bog auf die Hauptstraße von Goldeisental ab, als ihn der Anruf seiner Kollegin erreichte.

»Wir haben ein Problem«, sagte die ohne Begrüßung. »Wo hast du gesteckt?«

»Private Erledigung«, entgegnete er knapp und fragte: »Was ist passiert?«

»Die suchen den Schierbach«, gab sie Auskunft.

»Wer ist *die?*«, hakte der Polizeihauptmeister ungeduldig nach.

»Alle, seine Angestellten, der Bauleiter, sein Assistent und rate mal, wer noch.«

»Spuck's schon aus«, knurrte Mark, dem es nicht nach Rätselraten war.

»Die Frau Bürgermeisterin. Sophia Frey höchstpersönlich ist bei mir aufgetaucht und hat mit bebenden Lippen und zittrigen Händen erklärt, dass wir den Schierbach suchen müssen.«

»Auch das noch«, blaffte Mark ins Telefon, der sich eigentlich ein bisschen Zeit gewünscht hätte, seine Gedanken bezüglich Carina zu sortieren. Je weiter Titisee-Neustadt hinter ihm lag, desto mehr verspürte er einen Widerwillen gegen Fiona. Es war offensichtlich gewesen, dass sie Carina aus welchen Gründen auch immer nicht mochte und deshalb kein gutes Haar an ihr gelassen hatte. Dennoch war da der Unfall von Samuel Roller und die Frage, wie weit Carina darin verwickelt war, auch wenn sie die Ermittlungen eindeutig entlastet hatten.

Er parkte direkt vor dem Polizeiposten und trat ein.

Gabriele sah vorwurfsvoll auf die Uhr. »Ich habe nachher noch Gymnastik.«

»Bring mich auf den neusten Stand, und dann übernehme ich«, schlug er verständnisvoll vor.

»Ich habe versucht, Bernd Schierbach telefonisch zu erreichen, und bin an seinem Haus vorbei, aber niemand hat geantwortet oder geöffnet. Sein Assistent sagt aus, dass es Schierbach nicht ähnlichsieht, einfach so zu verschwinden. Außerdem hat er wichtige Termine sausen lassen.«

Mark bestätigte das und erzählte der Kollegin von seinem Gespräch mit Lisbeth Holden vom Rathaus.

»Geben wir eine Fahndung raus?«

»Wann hast du das letzte Mal versucht, ihn zu erreichen?«

»Keine zwei Minuten her«, erklärte Gabriele Veit.

»Ich fahre nochmals zum Haus, wenn er nicht auffindbar ist, dann …« Das Eintreten des Bürgermeisters unterbrach ihn.

»Ah«, sagte der müde, »gut, dass ich Sie hier antreffe, es geht um Bernd Schierbach.«

»Ist er wieder aufgetaucht?«, platzte Gabriele heraus.

Arnold Frey schüttelte bedauernd den Kopf. »Nein, und ich mache mir Sorgen.«

Die Polizisten sahen den Mann überrascht an.

»Auch wenn wir politisch keine Freunde sind«, begann sich der Bürgermeister daraufhin zu erklären, »gehört Schierbach zu den Einwohnern von Goldeisental, und für die bin ich zuständig.« Er lächelte resigniert, sagte dann: »Das ist wie eine Ehe, also in guten und in schlechten Zeiten.«

Gabriele kicherte, und auch Mark grinste.

»Jedenfalls wollte ich meine Unterstützung anbieten. Wenn ich irgendetwas tun kann«, ergänzte Frey noch.

»Sie denken auch, dass ihm etwas zugestoßen ist?«, fragte Mark.

»Ich befürchte es«, gab der Bürgermeister offen zu. »Vielleicht hatte er eine Herzattacke. Sein Assistent hat eben noch einmal im Rathaus angerufen und gemeint, dass sich Schierbach in letzter Zeit öfter zurückgezogen hätte, womöglich weil er sich nicht wohlfühlte.«

»Also schön«, traf Mark eine Entscheidung. »Ich

fahre zum Haus.« Seine Kollegin wies er an, den Schlüsseldienst dorthin zu beordern. »Wenn es falscher Alarm war, dann kostet das ein neues Schloss, wenn er hilflos in seiner Wohnung liegt, dann rettet ihm unser Eindringen jedoch das Leben.«

»Ich würde Sie gerne begleiten«, schlug der Bürgermeister vor. »Nicht, weil ich mich in Ihre Arbeit einmischen will«, stellte er klar, »sondern um zu helfen. Auch wenn es darum geht, Ihr Vorgehen zu rechtfertigen.«

»Sicher, gehen wir«, ließ sich der Polizeihauptmeister darauf ein und wünschte Gabriele einen schönen Abend.

Die Villa von Bernd Schierbach lag im Dunkeln, es gab zwar Nachbarn, doch erstens waren deren Anwesen ein Stück entfernt, und zweitens handelte es sich dabei um Zweitwohnsitze. So wirkte das Grundstück verlassen. Obwohl die Tage langsam wieder länger wurden, hatte Mark immer noch das Gefühl, die meiste Zeit in der Dunkelheit unterwegs zu sein. Vorsichtig leuchtete er in die Fenster im unteren Stock, konnte aber nichts Auffälliges entdecken. Der Schlüsseldienst traf kurz nach ihnen ein.

Der ortsansässige Handwerker hielt seine Einschätzung der Situation nicht zurück. »Sieht dem Schierbach nicht ähnlich, sich in Luft aufzulösen, der ist doch ein totaler Kontrollfreak. Auf seinen

Baustellen lässt der sich mindestens einmal am Tag blicken. Da ist bestimmt etwas passiert«, trug er dazu bei, die anderen zu beunruhigen.

Das Handy des Bürgermeisters klingelte, und alle drei zuckten zusammen.

Arnold Frey trat etwas zur Seite, und sie hörten ihn sagen: »Ja, wir sind gerade am Haus.« Dann legte er auf und erklärte: »Meine Frau, sie ist wegen Herrn Schierbach besorgt. Die beiden sind im gleichen Tennisklub.«

Der Schlosser blickte zu Mark und grinste frech, so als wollte er sagen: »Von wegen gemeinsam im *Tennisklub,* die haben noch ganz andere Gemeinsamkeiten.«

Endlich knackte es geräuschvoll, und die Eingangstür ließ sich öffnen.

»So, bitte, das war's. Rechnung ans Rathaus?«, fragte der Schlosser, offenbar nicht interessiert an dem, was sich im Haus befand.

»Ja«, antwortete ihm Arnold Frey sofort, »geben Sie die Rechnung direkt Frau Holder, dann geht es mit der Überweisung schneller«, fügte er noch geistesabwesend an, während er versuchte, im Inneren etwas zu erkennen.

»Herr Schierbach?«, rief Mark nun mit lauter Stimme und schaltete den Lichtschalter ein.

»Ich geh dann jetzt«, wollte sich der Schlosser

verabschieden, aber der Polizeihauptmeister bat ihn, zu bleiben. »Einen Moment noch, falls wir eine weitere verschlossene Tür finden.«

Mit wenig Begeisterung folgte ihnen der Mann daraufhin.

Mark rief immer wieder nach dem Hausbesitzer, durchquerte zunächst das untere Stockwerk, bevor er die Treppe nach oben ging. Auch dort schaltete er das Licht ein und rief Schierbachs Namen; keine Antwort. Das Badezimmer war leer, genauso wie das Schlafzimmer.

Der Schlosser ließ es sich nicht nehmen, den Spiegel über dem großen Bett mit einer anzüglichen Bemerkung zu kommentieren, aber niemand lachte über seinen Witz. Schließlich bat man ihn, vor der Tür zu warten.

Mark betrachtete das nicht gemachte Bett und stellte fest, dass das Handtuch im Bad noch feucht war. Er warf einen Blick auf den Wecker, ein altmodisches Teil, und erkannte, dass er auf vier Uhr dreißig gestellt war.

»Ungewöhnliche Zeit zum Aufstehen«, bemerkte er daraufhin. »Er könnte früh am Morgen aufgebrochen sein. Sein Wagen steht vor dem Haus, vielleicht ist er irgendwo mit dem Taxi hingefahren.«

Der Bürgermeister sah zweifelnd zu seinem Gegenüber. »Dann würde er sich doch bei seinen Arbeitern melden. Und den Termin im Rathaus hätte er nicht sausen lassen, es sei denn …« Offensichtlich war dem Bürgermeister etwas eingefallen.

»Woran denken Sie?«, hakte Mark sofort nach.

»Womöglich ist er nicht verschwunden, sondern auf der Flucht.« Der Polizeihauptmeister zeigte sich skeptisch, und Frey wurde deutlicher. »Wir sind uns wohl alle darüber einig, dass Schierbach kein Heiliger ist. Was, wenn er auf und davon ist, weil ihm die Steuerbehörden auf den Fersen sind? Wundern würde mich das nicht. Vermutlich hat er für so einen Fall einen Koffer Schwarzgeld und ein Flugticket deponiert.«

»Wir werden jeder Spur nachgehen, mir reicht das jedenfalls, um ihn zur Fahndung auszuschreiben«, erwiderte der Polizeihauptmeister, bevor er mit Arnold Frey die Villa verließ.

* * *

Als Mark den Papierkram erledigt hatte und den Polizeiposten verlassen wollte, stürmte ihm Carina entgegen. »Was glaubst du, wer du bist?«, schrie sie ihn an, und augenscheinlich war es ihr egal, wer das mitbekam.

Glücklicherweise war es ein kalter, dunkler Abend, sodass sich niemand mehr auf der Straße aufhielt, der die verbale Attacke der Försterin verfolgen konnte.

»Carina«, sagte er einfältig, weil ihm nichts anderes

einfiel und ihm sofort klar war, dass sie von seinem Besuch bei Fiona erfahren hatte.

»Du spionierst mir nach, bist du völlig verrückt geworden?« Sie kämpfte vor Wut und Verzweiflung gegen die Tränen an. »Du wirst mir nie wieder zu nahe kommen, dass das klar ist. Ich will dich nie wieder sehen, nie wieder mit dir sprechen.«

»Nein!«, rief er aus, »bitte, lass es mich wenigstens erklären, das schuldest du mir«, versuchte er, die Wogen etwas zu glätten.

»Ich schulde dir überhaupt nichts«, schnauzte sie unversöhnlich. »Du hast mich hintergangen. Warum konntest du mich nicht einfach fragen, nachdem du in meiner Schublade gekramt hast? Warum ausgerechnet einen Menschen wie Fiona da mit hineinziehen? Sie hat mich angerufen, mir erzählt, dass sie so *angenehmen* Besuch gehabt hätte. ›Ach Schätzchen, ich hoffe, es war in Ordnung, dass ich mit ihm gesprochen habe, er schien so nett, und natürlich habe ich nur Gutes erzählt, bla, bla, bla‹«, äffte sie eine übertrieben freundliche Fiona nach. »Oh, dieses Miststück hat es genossen, mir deinen Verrat unter die Nase zu reiben.« Carinas Stimme klang schrill, als sie ihn anschrie: »Hat sie dir auch erzählt, dass sie ständig eifersüchtig auf mich war, dass sie versucht hat Samuel in ihr Bett zu bekommen, obwohl wir schon zusammen waren, dass er sie hat abblitzen lassen? Du hast dir wirklich eine verdammt miese Informantin herausgesucht.«

»Ich wollte nur wissen, wie er gestorben ist«, gab Mark kleinlaut zu.

»Ich hätte es dir sagen können, aber mir hast du ja nicht vertraut«, antwortete sie müde. »Lass mich künftig in Ruhe«, fügte sie noch leise an und wandte sich zum Gehen.

»Carina, ich habe mich in dich verliebt«, rief er ihr hinterher.

Sie blieb abrupt stehen, drehte sich langsam zu ihm um. »War das, bevor oder nachdem du wusstest, dass mein Freund abgestürzt ist?«

»Warte«, versuchte er sich zu entschuldigen, »ich habe einen Fehler gemacht, und ich weiß nicht, wieso ich auf diese idiotische Idee kam, nach Neustadt zu fahren. Jedenfalls tut es mir entsetzlich leid. Bitte, lass es mich dir erklären.«

Sie sah ihn lange an, sagte schließlich: »Ich muss dafür büßen, dass du Lisa nicht hast vertrauen können. Und jetzt ist sie auch noch die Mutter deines Kindes.«

»Das ist vom Tisch«, warf er hastig ein. »Ich bin nicht der Vater.« Schnell trat er auf sie zu. »Ich habe mich in dich verliebt«, wiederholte er seine Worte, »und ich schwöre dir, so etwas wird nie wieder passieren, wenn du mir nur noch eine Chance gibst.«

Sie warf ihm einen letzten, verschleierten Blick zu, dann verschwand sie in der Dunkelheit.

17

Als Arnold Frey nach Hause kam, empfing ihn seine Frau bereits an der Tür. Er hätte sich gewünscht, Sophia würde seinetwegen dort stehen, aber er wusste nur zu gut, dass es nicht um ihn ging.

»Habt ihr ihn gefunden?«, fragte sie, und die Sorge schien ernst.

»Nein, der Polizeihauptmeister hat eine Fahndung herausgegeben. Das Dezernat für Vermisstenfälle in Freudenstadt übernimmt den Fall.« Er war müde und ging an ihr vorbei in die Küche. Sein Vater saß am Fenster und stierte bewegungslos in die Dunkelheit. »Hallo Papa«, sagte er, drückte dem Älteren sogar einen Kuss auf die Stirn, rechnete allerdings nicht mit einer Antwort.

Sophia war ihm gefolgt und sagte: »Kannst du den bitte in sein Zimmer bringen? Der nervt mich.«

»Lass ihn doch da sitzen. Die Ärzte sagen, es tut den Patienten gut, unter Menschen zu sein.«

Arnold hatte einen langen Tag hinter sich. Dennis Bankert und die vier Jugendlichen bestimmten seit dem Felssturz sein Tagesgeschäft. Regierungspräsidium, Vertreter des Kinderheims in Achern, Jugendamt und alle möglichen Institutionen und Verwaltungen wollten Fragen beantwortet und Formulare ausgefüllt haben. Dazu kam die Einschätzung der Rettungsmannschaften, dass eine Bergung der Leichen vermutlich nicht machbar sei. Das aufgehäufte Geröll zu beseitigen, wäre unmöglich, da die Schlucht von unten keinen Zugang bot. Von oben gelang lediglich eine Abtragung der ersten Gesteinsschichten. Aber selbst das war bei den momentanen Witterungsverhältnissen ein zu hohes Risiko. Die Presse ließ momentan kein gutes Haar an dem Bürgermeister von Goldeisental, warf ihm vor, nicht ausreichend für die Sicherheit der Touristen gesorgt zu haben, und wenn die spitzbekämen, dass jetzt auch noch Schierbach verschwunden war … Er hätte niemals damit gerechnet, dass sich jemand wegen eines Typen wie Schierbach Sorgen machte. Aber offensichtlich waren mehr Leute auf ihn angewiesen, als Arnold vermutet hätte. Und Sophias Fürsorge für den Mann ließ ihn das ahnen, was vermutlich schon lange hinter seinem Rücken getuschelt wurde.

»Warum interessierst du dich so für Schierbach?«, fragte er plötzlich.

Sophia beschwerte sich immer noch über ihren Schwiegervater und brach mitten im Satz ab.

Zu Arnolds Entsetzen reagierte sie auch noch ertappt. Wollte er denn überhaupt wissen, was zwischen ihr und Schierbach vorgegangen war?

»Ich bin nur besorgt, deinetwegen«, wand sie sich aus der Affäre.

Arnold, der erschöpft auf dem Küchenstuhl saß, wollte einfach glauben, was sie sagte, und ließ sie weitersprechen.

»Schierbach ist nicht gerade dein Freund, das weiß jeder. Und bevor noch irgendwer auf die Idee kommt, dass du etwas mit seinem Verschwinden zu tun hast, dachte ich, es kann nicht schaden, sich besorgt zu zeigen.«

Arnold wusste, dass er zwei Möglichkeiten hatte zu reagieren. Entweder er warf ihr vor, eine raffinierte Lügnerin zu sein, oder er glaubte das, was er glauben wollte, und bedankte sich für ihre Weitsicht. »Du hast recht«, entschied er sich für Letzteres. »Schierbach hat verlauten lassen, dass er für die nächste Amtszeit als Bürgermeister kandidieren möchte. Und bei der geplanten Appartementanlage sind wir uns auch nicht einig.«

»Siehst du, solange er also nicht wieder auftaucht, zeigen wir uns beide so besorgt wie möglich, dann bleibt an uns nichts hängen.« Nun trat sie sogar hinter ihn und schlang die Arme um seinen Oberkörper. Er spürte ihren großen Busen in seinem

Nacken und wäre am liebsten mit ihr nach oben gegangen.

Aber der Moment wurde verdorben, als Sophia spitz aufschrie: »Oh Gott, wie ekelhaft! Der Alte hat in die Hose geschissen, pfui Teufel!«, fluchte sie.

»Ich kümmere mich darum«, beruhigte sie Arnold, woraufhin seine Frau giftete: »Ich werde das jedenfalls ganz bestimmt nicht tun.«

Damit verließ sie den Raum, und Arnold hörte das schnelle Klackern ihrer Absätze, als sie nach oben eilte.

»Komm, Papa, wir gehen ins Bad«, sagte Arnold gutmütig, und erfreulicherweise ließ sich sein Vater ohne Probleme bei der Hand nehmen.

Während der Waschung schwieg der Alte, war sogar äußerst kooperativ, aber dann, als ihn Arnold ins Bett gebracht und zugedeckt hatte, da sagte er mit hasserfüllter Stimme: »Ich habe einen Versager großgezogen, und dieser Schlampe solltest du den Hals umdrehen.«

»Papa, was redest du denn da?«, reagierte Arnold resigniert.

Im nächsten Moment summte der Alte ein Kirchenlied. Arnold erinnerte sich daran, dass man das auf der Beerdigung der Mutter gespielt hatte. *So nimm denn meine Hände und führe mich ...,* kam ihm der Text wieder in den Sinn und auch der Schmerz, den er damals als Zehnjähriger gespürt hatte.

»Das ist ein schönes Lied«, sagte er nun sanft. »Mama hat es gemocht.«

Der Vater reagierte nicht mehr, aber sein Summen hielt auch noch an, als Arnold das Licht gelöscht und das Zimmer verlassen hatte.

* * *

Später, in einer ehemaligen Mine in Goldeisental

Wieder hörte Paul das ihm verhasste, scharrende Geräusch der Spitzhacke, das entstand, als man das grobe Werkzeug hinter sich herzog. Der harte Stahl löste dabei winzige Erdbrocken und Kiesel aus dem Boden – Paul bildete sich ein, dass sich das Metall auf diese Weise schärfen wolle, um bereit zu sein, die Schädeldecke und Knochen seines nächsten Opfers zu zermalmen.

Er hielt die Augen geschlossen. In den letzten Stunden hatte er sich in einer Art Dämmerzustand befunden, mehr einer Ohnmacht nahe als bei Bewusstsein. Noch rang er mit sich, das Unvermeidliche einfach über sich ergehen zu lassen oder noch einmal zu kämpfen.

Für einen Augenblick stand er wieder auf der Straße, starrte auf das brennende Haus und hörte die Menschen um ihn herum sprechen. Am klarsten konnte er die Stimme seines Bruders verstehen. Jens wiederholte sich: »Sei einfach still, sag keinen Ton.«

Er spürte etwas an seinem Bein, man stieß ihn an,

wollte ihn so zwingen, die Augen zu öffnen. Er hatte also die Wahl. Wollte er die Flammen sehen, in denen seine Eltern erstickt waren, oder das Instrument, das ihm den eigenen schmerzvollen Tod bringen würde?

Tapfer öffnete er die Lider, schüttelte gleichzeitig den Kopf und versuchte, so laut, wie er unter dem Klebeband konnte, zu sagen: »Ich möchte reden.«

Eigentlich wusste er selbst nicht, was er sich davon versprach, aber als man ihm den Streifen vom Mund riss, überkam ihn eine unglaubliche Erleichterung. Schnell nutzte er die Chance und rief: »Ich möchte reden, alles erzählen.« Ihm war noch deutlich in Erinnerung, wie Herr Bankert gesagt hatte, dass es helfen würde, dass es ihm helfen würde, dass dann alles leichter wäre, man danach eine Art Erlösung fände.

Paul wollte Erlösung, womöglich könnte ihn die Wahrheit erlösen.

»Über was willst du reden?«, hörte er wie aus weiter Ferne eine Stimme.

»Über mich, über das Feuer«, erwiderte der Zwölfjährige hastig. »Ich habe geschwiegen, und das tut mir leid. Ich dachte …« Er zögerte. »Jens dachte, das wäre das Richtige.« Sein fiebriger Blick suchte das Gesicht seines Gegenübers ab. Es schien starr, reglos, dennoch blieb die Spitzhacke gesenkt. Paul hielt das für ein Zeichen. Offenbar wollte man seine Geschichte hören, und er würde die Chance nutzen. Sofort erzählte er weiter. »Jens ist mein großer Bruder, er hat immer auf mich aufgepasst, aber sie hätten ihn ins

Gefängnis gesteckt, also sollten alle glauben, dass ich es war.«

Paul verstummte erschöpft, das Interesse an seiner Geschichte hatte er jedenfalls geweckt, denn das ungeduldige »Sprich weiter!« signalisierte ihm zumindest eine Schonfrist.

»Meine Eltern«, folgte nun eine staksige Erklärung, »sie waren *Monster.*« Tränen liefen dem Zwölfjährigen übers Gesicht. »Ich habe das noch nie irgendwem erzählt. Sie haben uns verboten, über das zu sprechen, was zu Hause passiert ist. Sie sagten, wenn doch, dann würden wir weggebracht werden. Aber ich wollte nicht weggebracht werden. Und manchmal war es auch gar nicht so schlimm, und es war doch unser Zuhause.« Er schniefte. »Ich glaube, Jens hat es nicht mehr ausgehalten. Er hat mich beschützt, immer beschützt, und mein Vater, er hat ihn geschlagen, furchtbar geschlagen.« Paul atmete schwer. »In der Nacht hat Jens mich geweckt, er hat gesagt: ›Ich habe es getan, ich habe es endlich getan, die Monster werden sterben.‹ Er hat mich angesehen, er war verändert, hat gelacht, nicht so wie sonst, es war …« Paul suchte nach den richtigen Worten, murmelte schließlich: »Es war unheimlich. Wir standen im Flur, und es war so heiß wie im Sommer in der Sonne, und überall sah ich die Flammen. Aus dem Zimmer hinten im Flur hörte ich ihre Schreie, die Schreie der *Monster*, dann kam die Feuerwehr. Jens sagte, ich solle nichts verraten, einfach schweigen, dann würde alles gut. Wenn nicht, dann käme er ins Gefängnis. Wenn jedoch alle glauben, dass ich es war, dann passiert nichts, weil ich ja noch ein Kind bin.«

Geräuschvoll zog Paul die Nase hoch. »Deshalb habe ich geschwiegen, und dann kam ich doch ins Heim. Ich weiß nicht einmal, wo Jens jetzt ist, aber bestimmt durfte er zu meinen Großeltern.«

»Und du hast niemand etwas gesagt, weil du Jens schützen wolltest?«

Paul nickte.

»Haben dich deine Eltern oft verprügelt?«

Wieder nickte der Junge. »Einmal war sogar mein Arm gebrochen, das war an meinem neunten Geburtstag. Ich musste ins Krankenhaus und bekam dort ein Stück Kuchen mit einer Kerze. Das war mein schönster Geburtstag.«

Hinter sich hörte Paul plötzlich einen undefinierbaren Laut. Er hatte keine Ahnung, was das war, aber ein wenig klang es wie ein Murmeln.

Im nächsten Augenblick sah er die Spitzhacke auf sich zukommen, er schrie auf, und sein ganzer Körper verkrampfte sich vor Schreck, als sie direkt neben ihm ins Gestein gerammt wurde.

»Du solltest mich nicht anlügen«, wurde er daraufhin ermahnt und spürte, wie ihm das Klebeband wieder über die Lippen geklebt wurde. Dann hörte er die sich entfernenden Schritte und die Spitzhacke, die erneut über den Boden geschleift wurde. Dieses Mal hatte ihn das tödliche Werkzeug verschont.

18

Als der Polizeihauptmeister am nächsten Morgen das Haus von Carina erreichte, sah er, dass bereits überall Licht brannte. Die Hunde bellten, und als die Tür aufging, schossen sie freudig auf ihn zu.

Er begrüßte sie überschwänglich und flüsterte: »Wünscht mir Glück mit eurem Frauchen.«

Carina erschien auf der Veranda und sah ihn, ohne eine Miene zu verziehen, an.

»Ich konnte die letzte Nacht nicht schlafen«, begann er und bemerkte sofort, wie egoistisch es klang, eine Entschuldigung so zu beginnen. »Ich meine, verdienterweise konnte ich die letzte Nacht nicht schlafen. Ich schäme mich, und ich würde dir gerne erklären, warum ich mich wie ein Idiot benommen habe.«

Sie sagte zunächst nichts, sah zu den Hunden und erklärte dann tonlos: »Ich gehe mit den beiden zur

Blutschlucht, will mich davon überzeugen, dass die Absperrung die Böen letzte Nacht überstanden hat. Wenn du willst, kannst du dich uns anschließen und mir auf dem Weg darlegen, warum du mich hintergangen hast.«

Gerade als er ansetzte, um sich gegen ihren Vorwurf zu verteidigen, fiel ihm ein, dass sie ihn immerhin nicht wegschickte, also nickte er nur und entgegnete: »Ich würde gerne mitkommen.«

Die kleine Gruppe setzte sich in Bewegung, und Carina wählte ein deutlich schnelleres Tempo als beim letzten Mal. Mark hatte das Gefühl, er würde bergauf joggen, und seine Entschuldigungen waren von ständigem Keuchen nach Luft begleitet.

Carina sagte keinen Ton, während sich Mark wieder und wieder entschuldigte. Dabei gestand er ein, dass er den Bogen überspannt hatte, und versuchte, Gründe für sein Verhalten zu nennen: Die schlechten Erfahrungen mit Lisa, der Felssturz an der Blutschlucht und sein Gefühl, Carina wolle den Unfall schnell zu den Akten legen. Die Frage, warum sie nicht von sich aus von Samuel erzählt hatte, und die Zweideutigkeit der Zeitungsartikel sowie der Brief von Samuels Eltern.

Als sie in Rekordgeschwindigkeit die Absturzstelle über der Blutschlucht erreichten, hatte sich Carina noch immer nicht geäußert. Aber zunächst konnte er sie deshalb nicht befragen, denn etwas anderes erregte ihre Aufmerksamkeit.

»Was macht *die* denn hier?«, wunderte sich die Försterin und blickte auf die abgewetzte lederne Aktentasche hinter der Absperrung, dicht am Abgrund.

Noch bevor sie diese jedoch berühren konnte, hielt sie Mark zurück. Er zog sich zunächst Handschuhe über und öffnete sie dann vorsichtig.

Sofort sprang ihm ins Auge, dass auf den Unterlagen, die sich im Inneren befanden, Bernd Schierbachs Name stand. »Das sind irgendwelche Gutachten, offenbar hat Schierbach die in Auftrag gegeben.«

Carina trat daraufhin weiter an den Rand und sah hinunter. »Womöglich ist er abgestürzt. Allerdings macht es der Nebel, der von der Schlucht aufsteigt, unmöglich, weiter als ein paar Meter zu sehen.«

»Warum sollte sich Schierbach hier überhaupt aufhalten? Er war weder ein Wanderer noch besonders sportlich. Und wer nimmt eine Aktentasche zu einem Waldspaziergang mit?«

Carina kam zurück und warf einen Blick auf die Papiere.

Sie gab einen abschätzigen Ton von sich, und Mark sah sie fragend an.

»Ich kenne so Typen wie Schierbach. Die wittern immer und überall Profit.« Ohne das Blatt zu berühren, deutete sie auf eine Zeile. »Sieh dir das an. Das bedeutet, Schierbach hat Bodengutachten erstellen lassen.«

»Warum sollte jemand das tun?« Mark erkannte noch nicht, worauf Carina hinauswollte.

»Bodenschätze«, warf sie ihm an den Kopf. »Der war hier sicher nicht, um spazieren zu gehen und frische Luft zu tanken.«

»Du denkst, er hat nach Gold gesucht?«, fragte Mark ungläubig.

»Gold, Silber, Eisen, seltene Erden, was auch immer. Goldeisental ist eine ehemalige Bergbaugemeinde, klarer könnte es der Name unserer kleinen Stadt ja auch nicht ausdrücken. Offiziell sind die Vorkommen in den Wäldern erschöpft, doch vergiss nicht, dass wir jedes Jahr die Hobby-Goldgräber hierhaben, die versuchen, eine vergessene Ader zu finden. Schierbach wäre nicht der Erste, den der Goldrausch infiziert. Und wer sagt denn, dass nicht noch irgendetwas im Boden schlummert, das vor hundert Jahren niemanden interessiert hat, jetzt allerdings hoch im Kurs steht? Ich denke zum Beispiel an Lithium. Erst neulich habe ich gelesen, dass man im Schwarzwald große Vorkommen vermutet.«

»Aber um davon zu profitieren, müsste er Eigentümer des Bodens sein«, hielt Mark dagegen. »Der Wald gehört jedoch der Gemeinde Goldeisental.«

»Sicher, aber wer sagt denn, dass das so bleibt, wenn wir einen neuen Bürgermeister namens Schierbach haben?«, warf Carina ein.

»Ich bezweifle, dass er sich so einfach bereichern könnte.«

»Ich nicht«, widersprach die Försterin. »Typen wie der finden immer einen Weg, Geld zu machen, und am Ende ist das dann auch noch völlig legal.«

»Ich werde die Tasche mitnehmen und die Kollegen von der Vermisstenstelle informieren.«

»Hier.« Sie reichte ihm einen großen Müllbeutel, den sie aus dem Rucksack zog. »Habe immer welche dabei, um den Mist einzusammeln, den die Menschen achtlos in die Natur werfen.«

Die Hunde, die sich bisher mit sich selbst beschäftigt hatten, begannen plötzlich nervös zu jaulen.

»Was ist los?«, fragte Mark irritiert.

»Die möchten nach Hause, Frühstückszeit«, antwortete Carina und schaute sich noch einmal um.

»Ich würde gerne den Wanderweg zurück nehmen«, erklärte Mark. »Wenn Schierbach hier oben war, dann kam er sicher nicht auf die Idee, den Berg querfeldein zu erklimmen. Womöglich finde ich auf der offiziellen Route noch etwas, das uns hilft, ihn zu lokalisieren.«

»Einverstanden«, entgegnete sie zu seiner Erleichterung, denn so konnte er noch weiter Zeit mit ihr verbringen.

Mark wollte sich gerade in Bewegung setzen, da hauchte sie: »Ich habe Samuel wirklich geliebt.«

Der Polizeihauptmeister blieb stehen, sah sie an und spürte einen Stich. Würde er mit einem Toten konkurrieren müssen?

»Wir waren anfangs so glücklich, alles passte.« Sie

blickte auf, und er konnte einen Tränenschleier in ihren Augen erkennen.

»Fiona hat ihn mitgebracht, und ja, vielleicht war es nicht fair von mir, mich auf einen Flirt mit ihm einzulassen. Aber ich habe ihn Fiona nicht *weggenommen,* er hat sich nie für sie interessiert. Leider gab es deswegen dann einige unschöne Szenen.« Sie wischte sich hektisch über die Augen. »Jedenfalls kamen wir zusammen, und es war die erste große Liebe für mich. Es war, als hätte ich den perfekten Freund gefunden. Wir teilten die gleichen Interessen, liebten es, draußen in der Natur zu sein. So kam ich zum Wandern und Bergsteigen. Samuel machte das schon einige Jahre, und für ihn zählte vor allem die Herausforderung. Es musste immer hoch, steil und gefährlich sein. Und dann …« Sie sah zu den Wolken, die schnell und düster über ihre Köpfe hinwegzogen. »Dann wurde aus einem Hobby eine Besessenheit. Ich dachte, das legt sich, ist nur eine Phase, aber er kam auf immer verrücktere Ideen. An dem Tag, als es passiert ist, wollte ich eigentlich nicht mit. Ich hatte mir eine Erkältung eingefangen, aber ich wusste, dass ich nur so noch mit ihm Zeit verbringen konnte, also habe ich zugestimmt. Es sollte lediglich eine Wanderung sein. Samuel war aufgekratzt, erzählte die ganze Zeit von seinen Plänen und welche Berge er noch besteigen wollte. Im Jahr davor war er auf dem Gipfel des Mont Blanc gewesen, also sollte es in dem Jahr eine noch schwierigere Tour werden. Er hat herumgealbert und war leichtsinnig. Ich sagte noch: ›Auch wenn wir keine viertausend Meter vor uns haben, kennst du doch die Regeln. Sei bitte vorsichtig.‹ Das war das Letzte, was ich zu ihm gesagt habe. Ich höre immer noch, wie er mich ausgelacht und als Angsthase geneckt hat, dann folgte der Schrei.« Carina begann zu zittern. »Der Schrei, als er fiel. Ich drehte mich um, und er war weg, weg für immer.« Nun konnte sie die Tränen nicht mehr zurückhalten, die Hunde schienen zu spüren, dass etwas nicht stimmte, und setzten sich neben ihr Frauchen. »Er war einfach weg.« Sie schluchzte, hob dann den Blick. »Es ist furchtbar, das zu erzählen«, weinte sie, »es zerreißt mich.«

Mark ließ ihr Zeit, stellte keine Fragen, sondern wartete ab.

»Natürlich wurde ermittelt, und dank Fiona, die den Beamten von einem Streit zwischen uns erzählt hat, wurde ich gründlich überprüft. Ich denke, es war auch Fiona, die Samuels Eltern eingeredet hat, dass wir uns nicht mehr vertragen hätten, dass er mich verlassen wollte.«

»Aber so war es nicht«, hakte Mark behutsam nach.

»Nein«, erwiderte Carina mit fester Stimme und schnäuzte sich die Nase, bemüht, die Kontrolle wiederzufinden. »Es gab Streit, aber das lag daran, dass ich bemerkt habe, wie er sich veränderte. Ich stellte ihn zur Rede, erhielt jedoch keine Antwort. Deshalb bin ich an jenem Tag auch mit ihm mit. Ich dachte, dieser gemeinsame Ausflug bringt uns wieder näher zusammen.«

Sie holte tief Luft. »Es gab eine Autopsie, nachdem man den Leichnam geborgen hatte. Samuel hat am Tag des Absturzes unter Drogen gestanden. Aufputschmittel, Steroide, damit haben sich seine Überdrehtheit und der Unfall erklärt.«

»Davon stand nichts in der Zeitung«, warf Mark mit belegter Stimme ein.

»Ich habe das nie jemandem gesagt, und vermutlich war sein Tod für die Presse sowieso nicht mehr interessant, nachdem ich als Mörderin ausfiel«, antwortete sie bitter.

»Die Polizei hat es aber doch sicher Samuels Eltern mitgeteilt. Der Brief, den sie dir geschickt haben …« Mark fehlten die Worte.

»Es war für die beiden offenbar leichter, mir die Schuld zu geben, als den eigenen Sohn verantwortlich zu machen. Ich habe es gut sein lassen, bin umgezogen, habe mich auf die Forstwirtschaft konzentriert, vielleicht auch in Erinnerung an unsere gemeinsame Liebe zur Natur. Ich verfluche ihn heute noch dafür, dass er mir das angetan hat, und gleichzeitig ist da diese unfassbar große Trauer.« Sie zuckte mit den Schultern. »Ich war einfach noch nicht so weit, dir davon zu erzählen. Wir haben eine Nacht miteinander verbracht, und ich wusste nicht, wie du zu mir stehst.«

»Ich habe dich enttäuscht, und das tut mir unendlich leid«, entschuldigte sich Mark erneut. »Ich weiß auch nicht, was mit mir los ist. Der Tod von Dennis Bankert und seiner Gruppe hat mich irgendwie aus der Bahn geworfen.«

»Oder dich noch mehr zum Polizisten gemacht«, warf Carina ein. »Ist doch dein Job, Geheimnisse zu lüften«, fügte sie an, und er glaubte, ein feines Lächeln würde ihre Lippen umspielen.

»Aber dabei sollte ich nicht die Menschen verletzen, die ich liebe«, erwiderte er so spontan, dass er selbst über die Aufrichtigkeit seiner Worte erschrak. »Tut mir leid, ich wollte dich nicht unter Druck setzen oder überrumpeln«, beeilte er sich, zu sagen.

Sie antwortete nicht, trat jedoch einen Schritt auf ihn zu.

Er ließ den Müllsack mit der Aktentasche fallen und schloss sie in die Arme.

Erneut wollte er sein Bedauern ausdrücken, aber sie unterbrach ihn. »Versprich nur, das nie wieder zu tun.«

»Das verspreche ich«, gab er erleichtert Antwort und küsste sie voller Zärtlichkeit.

19

Mark legte einen kurzen Stopp im Polizeiposten ein und verständigte die Vermisstenstelle in Freudenstadt. Man würde die Aktentasche abholen und eine Suchmannschaft in den entsprechenden Waldbereich schicken. Der Polizeihauptmeister berichtete den Kollegen auch, dass er auf dem Wanderweg, der über der Blutschlucht entlangführte, keine weiteren Spuren von Bernd Schierbach entdeckt hatte.

Gabriele Veit sah ihn neugierig an, aber er erzählte ihr nur vom Fund der Aktentasche.

Als sie dann mit einem süffisanten »Und Lisa?« nach seiner Ex-Verlobten fragte, erwiderte er knapp: »Lisa ist Geschichte, das Kind nicht von mir. Außerdem wird sie Goldeisental verlassen.«

»Dem Himmel sei Dank«, stieß Gabriele einen theatralischen Seufzer aus, bevor sie schnell nachhakte: »Und unsere Försterin?«

»Die ist nett«, antwortete Mark grinsend und war so schnell wieder aus der Tür, dass er Gabrieles »Ich will Einzelheiten« nicht mehr hören konnte.

Sein Weg führte ihn zum Rathaus. Carina hatte recht, er war Polizist, und seine Aufgabe war es auch, Geheimnisse zu lüften. Das Verschwinden des Bauunternehmers Bernd Schierbach war ein solches Geheimnis, und das Mindeste, was er tun konnte, war, einige Fragen zu stellen. Die Kollegen von der Vermisstenstelle hatten alle Hände voll zu tun. Sie überprüften Schierbachs Bankkonten, Telefonverbindungen, familiäre Situation und hatten mit seinen Mitarbeitern und Bekannten gesprochen. Natürlich brauchten sie Mark nicht zwingend. Aber mit dem Bürgermeister zu reden und eventuell ein wenig Vorarbeit zu leisten, wäre sicher eine willkommene Unterstützung.

Der Regen der letzten Tage hatte sich in Schnee verwandelt. Mittlerweile fielen dicke Flocken, und als der Polizeihauptmeister die bewaldeten Hänge hinaufblickte, war es nicht mehr die gewohnte trotzige Front aus dunkelgrünen Ästen und brauner Rinde, die seinem Blick standhielt, sondern vielmehr eine freundlich wirkende Baumschar. Denn der pudrige Schnee bedeckte die Kronen der Tannen wie weiße Zipfelmützen die Häupter gutmütig dreinblickender Gartenzwerge.

Mark mochte zwar nicht die Kälte, aber er genoss die Luft, die sich durch den Schnee anfühlte, als wäre sie gereinigt worden. Er nahm einen tiefen Atemzug und spürte eine Flocke auf seinen Lippen, die sofort schmolz.

Vor dem Eingang des Rathauses schüttelte er sich und klopfte seine Uniform aus.

Die schwere Tür ließ sich mühelos öffnen, auch weil Bürgermeister Frey darauf bestand, dass die Bürger nach Möglichkeit den ganzen Tag über Zugang hatten und sich nicht mit ungünstigen Öffnungszeiten abfinden mussten.

Mark steuerte das Büro von Lisbeth Holder an, warf aber zuvor noch einen Blick in den Souvenir-Shop. Er hatte das Gefühl, ein Déjà-vu zu erleben, denn auch heute saß die Praktikantin gelangweilt in dem Laden und blätterte in einer Zeitschrift. Sie sah erwartungsvoll auf, verzog dann jedoch das Gesicht, als sie den Polizisten erkannte.

»Sie scheinen nicht erfreut, mich zu sehen«, witzelte der Polizeihauptmeister.

Die Praktikantin zuckte mit den Schultern und erklärte: »Ich dachte, da kommt mal jemand und kauft was.«

»Wissen Sie was, ich werde etwas kaufen«, sagte Mark gut gelaunt und dachte daran, dass er Carina heute Abend ein Geschenk mitbringen könnte.

Die junge Frau war hocherfreut, und er entschied sich für einen Kaffeebecher mit dem Logo von

Goldeisental.

»Glückwunsch, Sie sind der zweite Käufer diese Woche«, sagte die Praktikantin grinsend. »Der erste war der Bürgermeister, der hat den Schnaps erworben, den diese Waisenkinder klauen wollten.«

»Wieso das?«, fragte Mark verblüfft, während er ihr zusah, wie sie äußerst umständlich die Tasse als Geschenk verpackte.

Sie unterbrach sich und gab bereitwillig Auskunft. »Hat mir Frau Holder erzählt. Offenbar war durch diesen versuchten Diebstahl das Etikett angerissen, da hat der Bürgermeister gesagt, er kauft die Flasche, dann entsteht kein Schaden. Die Holder war zufrieden gewesen. Der Frey ist ziemlich gutmütig, das sagen alle hier. Echt ein guter Chef.«

»Ja, scheint so«, erwiderte Mark und fragte beiläufig: »Waren Sie an dem Tag hier, als das mit dem Diebstahl passierte?«

»Nee«, gab die Praktikantin bedauernd Auskunft. »Wenn's mal interessant wird, bin ich natürlich nicht da. Ich musste in der Druckerei die Flyer für den Valentinsmarkt abholen. Als ich zurückkam, war quasi schon alles vorbei.« Angestrengt versuchte sie ein Geschenkband mit der Schere zu bearbeiten, um es dadurch zu kräuseln. »Ich hätte gern gesehen, wie die Holder dem Dieb eine verpasst hat«, warf sie ein.

»Sie hat was? Das …« Mark unterbrach sich, sagte schnell: »Ja, das war sicher überraschend.«

»Zumindest für den mit den weißen Haaren.« Sie

grinste. »Ich kam gerade zurück, als die anderen den deshalb aufgezogen haben, standen alle vor der Tür. Ich hab die reden hören, deshalb weiß ich davon. Der Größere hat gesagt: ›Das liegt an deinem Backpfeifen-Gesicht, dass dir die Verkäuferin eine Ohrfeige verpasst hat‹, und der mit den weißen Haaren wurde richtig sauer, meinte sogar, dass er die alte Schachtel verklagen würde, das wäre schließlich Körperverletzung. Na ja, ich hab der Frau Holder erst mal nix gesagt. Die ist ganz in Ordnung, und ich wollte nicht, dass sie sich Sorgen machen muss. Die Typen waren ja auch übelst schräg, vermutlich hat die Holder eh in Notwehr gehandelt. Außerdem spielt das jetzt sowieso keine Rolle mehr, wo die doch alle tot sind, oder?«

Sie überreichte ihm den verpackten Becher, und er bemühte sich, lobende Worte zu finden. Allerdings war das gar nicht so einfach, denn eigentlich sah das Geschenk so aus, als hätte irgendwer darauf gesessen.

»Wunderschön, vielen Dank«, log er jedoch und fügte freundlich an: »Ich drücke die Daumen, dass sich noch ein paar Kunden hierher verirren.«

»Ich hab keine große Hoffnung«, antwortete ihm die junge Frau und benutzte zum Ausrechnen des Wechselgelds den Taschenrechner, um ihm auf die zehn Euro herauszugeben, mit der er die sechs Euro teure Tasse bezahlt hatte.

Als der Polizeihauptmeister kurz darauf bei Lisbeth Holder im Büro stand, sah die mit einem Stirnrunzeln auf das Geschenk. »Soll ich es noch mal verpacken?«, fragte sie hilfsbereit.

»Nein, das passt schon«, entgegnete Mark mit einem Lächeln. »Ich hätte es selbst auch nicht besser hinbekommen.«

Resigniert schüttelte Lisbeth den Kopf. »Diese Praktikantin«, murmelte sie, »ich muss sie irgendwie mögen, sonst hätte ich vermutlich schon längst die Geduld verloren. Manchmal frage ich mich, ob ich mich in dem Alter auch so dämlich angestellt habe.« Sie seufzte. »Vermutlich meint jede Generation, dass sie schlauer ist als die nachkommende.« Sie winkte ab und fragte: »Also, was kann ich für Sie tun?«

»Ich wollte mit dem Bürgermeister sprechen, es geht um Bernd Schierbach.«

»Natürlich, er ist bestimmt gleich frei, er telefoniert mit seiner Frau.« Sie verzog leicht das Gesicht.

Plötzlich hatte Mark das Bedürfnis, die Sache mit der angeblichen Ohrfeige zu überprüfen. Womöglich hatte die Praktikantin ja irgendetwas durcheinandergebracht. Deshalb erkundigte er sich harmlos: »Wir haben nie über die Ohrfeige gesprochen.«

Lisbeth erstarrte einen Augenblick, ließ sich dann aber auf ihrem Stuhl nach hinten sinken und sagte: »Ist das denn noch wichtig? Woher wissen Sie überhaupt davon?«

»Bankert hat so etwas erwähnt«, log Mark, da er die Praktikantin nicht in Schwierigkeiten bringen wollte.

»Hatte der sich etwa beschwert?«, fragte Lisbeth Holder ungeduldig.

»Nein, mir ist das nur wieder in den Sinn gekommen, und ich wundere mich jetzt, dass Sie das unerwähnt gelassen haben«, verbog er die Wahrheit. »Das passt irgendwie gar nicht zu Ihnen«, fügte er noch an; auch weil er hoffte, wenn er das Gespräch auf einer persönlichen Ebene führte, wäre sein Gegenüber gesprächiger.

Lisbeth lachte auf. »Die gutmütige alte Holder, nicht wahr? Die muckt nicht auf, das passt nicht zu der«, machte sie sich über sich selbst lustig.

»So war das nicht gemeint«, verteidigte sich Mark.

»Schon gut«, zeigte sie sich gelassen. »Ich bin ein sehr toleranter Mensch, aber was zu weit geht, geht zu weit. Die haben den Herrn Bürgermeister regelrecht bedroht, sich um ihn aufgebaut, ihn umzingelt, und dann wurde der mit den weißen Haaren richtig frech. Hatte plötzlich ein Taschenmesser in der Hand und hat dem Herrn Frey damit vor der Nase herumgefuchtelt und gedroht, er würde ihm das Gesicht verzieren. Da ist mir der Gaul durchgegangen. Ich bin hin und habe dem Kerl eine gescheuert. Wenn Sie mich deshalb verhaften wollen, bitte«, sagte sie müde und streckte ihm ihre Handgelenke entgegen.

Mark erinnerte sich daran, dass Dennis Bankert ihm vor dem Rathaus erzählt hatte, Eric hätte mit dem

Taschenmesser herumgefuchtelt. Allerdings hatte der Polizeihauptmeister das nicht in Verbindung mit dem Vorfall im Souvenir-Shop gebracht, sondern angenommen, das wäre unter den Jugendlichen geschehen. »Ich werde niemanden verhaften. Sie haben den Bürgermeister verteidigt«, gab er Lisbeth Holder schließlich Antwort.

»Ja«, murmelte die, »der war allerdings die Ruhe selbst, hat sich weder bewegt noch gesprochen, der hat gute Nerven.« Zögernd fuhr sie fort: »Hinterher tat es mir leid, als ich erfuhr, dass die keine Eltern mehr haben. Wenn denen keiner sagt, was richtig und was falsch ist, dann passiert eben so was. Der Bürgermeister wird doch jetzt keine Schwierigkeiten bekommen, oder? Er hat gesagt, wir erwähnen das mit der Ohrfeige nicht, wollte mir dadurch Ärger ersparen. Er ist ein guter Mensch.« Sie sah forschend zu Mark.

»Ich denke, nach dem schrecklichen Unglück spielt weder der versuchte Diebstahl noch die Drohungen der Jugendlichen oder die Ohrfeige eine Rolle.«

»Sehe ich auch so«, stimmte ihm Lisbeth zu, dann sah sie auf dem Display ihrer Telefonanlage, dass die Leitung frei war, und ermutigte den Polizisten: »Sie können durchgehen.«

Arnold Frey wirkte besorgt, als er den Polizeihauptmeister begrüßte. »Gibt es etwas Neues wegen Schierbach?«

»Womöglich«, antwortete Mark ohne Umschweife. »Wir fanden auf dem Weg über der Blutschlucht seine Aktentasche. Ziemlich nahe an der Absturzstelle. Und ich frage mich natürlich, was er da gemacht hat.«

Frey schien bestürzt, bat Mark, Platz zu nehmen, und setzte sich ebenfalls. »Er wird doch nicht gesprungen sein«, sprach der Bürgermeister seinen Gedanken aus.

»Bislang gibt es dafür keine Anhaltspunkte, aber wir können auch nicht in die Schlucht steigen, um das zu überprüfen. Ich hätte ihn jedoch nie für einen Selbstmörder gehalten.«

»Nein, ich auch nicht, aber wer weiß das schon von anderen? Schierbach hat immer irgendetwas ausgeheckt, womöglich kam er da mit den falschen Leuten zusammen. Wussten Sie, dass er auf das Amt des Bürgermeisters scharf war?«

»Ich hörte Gerüchte«, entgegnete Mark, »man sollte doch meinen, dass er mit seiner Baufirma genug verdient.«

Frey lachte auf. »Schierbach würde das nicht wegen des Gehalts tun, dem geht es um die Einflussnahme auf Entscheidungen, die ihm zugutekommen könnten.«

»Das wäre dann allerdings Amtsmissbrauch«, reagierte Mark und kam sich dabei naiv vor.

»Ja, aber das müsste man gegebenenfalls erst einmal beweisen. Man liest doch immer wieder von solchen Fällen«, hielt der Bürgermeister dagegen.

Der Polizist gab seinem Gegenüber recht.

»Vielleicht sind Sie damit näher an der Wahrheit, als Sie glauben. In der Aktentasche befanden sich Bodengutachten. Vor allem von den Gebieten um die alten Stollen, fällt Ihnen dazu etwas ein?«

»Leider nein, aber sicher hat sich Schierbach davon irgendetwas versprochen. Mich hat er jedenfalls nicht um Erlaubnis gefragt, öffentlichen Grund zu untersuchen. Aber eines ist gewiss, der Gemeinde zuliebe hat er das nicht veranlasst.«

»Sie halten nicht viel von dem Mann«, warf Mark ein.

»Ich bin vorsichtig bei der Auswahl meiner Freunde«, erwiderte der Bürgermeister mit einem feinen Lächeln. »Als Politiker ist das überlebenswichtig«, ergänzte er schmunzelnd.

»Und Sie haben einen guten Schutzengel in Ihrem Vorzimmer«, antwortete Mark grinsend. »Frau Holder schreckt nicht zurück, wenn es darum geht, Sie zu verteidigen.«

Arnold Frey wurde ernst, sein Gesicht wirkte mit einem Mal verschlossen. »Was meinen Sie damit?«, fragte er scharf.

»Die Bedrohung mit dem Messer, die Ohrfeige, keiner von Ihnen beiden hat mir davon erzählt.« Mark bemerkte, dass sein Gegenüber ärgerlich wurde, und sprach beschwichtigend weiter: »Es spielt keine Rolle mehr, dennoch bin ich überrascht, dass die Situation so eskaliert ist.«

Frey stieß geräuschvoll die Luft aus. »Die Jungs

wurden frech. Ich bin es vermutlich eher als Frau Holder gewohnt, dass die Menschen mich beleidigen oder angreifen. Ihr sind die Nerven durchgegangen. Außerdem wollte sie nicht mich, sondern das Amt an sich verteidigen. Denken Sie wirklich, dass ich ihr daraus einen Strick drehen würde? Dennis Bankert war froh, dass wir keine Polizei gerufen haben, und schließlich war alles geregelt und gesagt.«

»Das kann ich nachvollziehen.«

»Haben Sie immer noch schlaflose Nächte wegen des Absturzes der Gruppe?«, fragte Frey schließlich verständnisvoll.

»Die Sache ist abgeschlossen«, antwortete Mark mit fester Stimme. »Momentan versuche ich, den Kollegen zu helfen, Bernd Schierbach zu finden.«

»Das ist gut«, entgegnete Frey. »Ich hoffe wirklich, dass er bald wohlbehalten wieder auftaucht. Auch wenn wir keine Freunde sind, möchte ich nicht, dass einer unserer Einwohner spurlos verschwindet.«

Das Klingeln des Telefons unterbrach ihr Gespräch. Mark hatte mit dem Bürgermeister alles besprochen, deshalb erhob er sich, als er registrierte, dass der einen privaten Anruf von seiner Frau Sophia erhielt.

»Wenn Sie etwas brauchen, melden Sie sich«, gab ihm Frey noch mit auf den Weg, bevor er sich seiner Frau widmete und eindringlich in den Hörer sagte: »Ich werde das regeln, aber solange musst du bei ihm bleiben.«

Mark ahnte, dass es um den alten Frey ging, und

eilte mit schnellen Schritten zur Tür, um dem Bürgermeister Privatsphäre zu gönnen. Gerade als er die Klinke nach unten drücken wollte, fiel ihm jedoch noch etwas ein. Ein wenig verlegen drehte er sich deshalb zu Frey um und fragte: »Kann ich einen Schlüssel zur Blockhütte des Zeltplatzes haben?«

Frey, der angespannt wirkte, nickte und signalisierte dem Polizisten mit der Hand, sich an der Kommode zu bedienen. Mit den Lippen formte er mehr die Worte, als dass er sie wirklich aussprach: »Oberste Schublade.«

Kurz darauf hörte ihn Mark sagen: »Doch, natürlich höre ich dir zu, aber ich bin bei der Arbeit.«

Der Polizeihauptmeister öffnete besagte Schublade und fand neben einem alten Feuerzeug, einem Taschenmesser und dem Urlaubsantrag von Lisbeth Holder eine Schale mit mehreren gleich aussehenden Schlüsseln, an denen jeweils ein Anhänger mit dem Goldeisentaler Logo befestigt war. Außerdem konnte Mark noch einen Prospekt von Bernd Schierbach entdecken, dessen erste Seite ein Modell seiner geplanten Appartementanlage zeigte. Daneben lag ein Brief von Bertha Tänner, drei Zeilen, in denen sie sich über die Bewohnerin der Kupfergasse 12 beschwerte. Mark stöhnte innerlich und zuckte zusammen, als Arnold Frey genervt von seinem Schreibtisch aus fragte: »Haben Sie den Schlüssel gefunden?«

Mark, sich bewusst werdend, dass er gerade ein Privatgespräch störte, schloss hastig die Schublade, wedelte mit dem Schlüssel, verabschiedete sich mit einem bedauernden Lächeln, eilte aus der Tür und betrat das Vorzimmer des Bürgermeisters.

»Frau Frey hat sich nicht abwimmeln lassen«, klärte ihn dort Lisbeth Holder auf. »Ich hoffe, Sie konnten alles mit dem Bürgermeister klären.«

»Ja, sicher«, antwortete ihr Mark und fragte sich nicht das erste Mal, wie ein so ruhiger Mann wie Arnold Frey an eine Frau wie Sophia geraten konnte. Auch wenn er die nur flüchtig kannte, war sie ihm wenig sympathisch.

»Ich muss noch einmal zum Zeltplatz, bevor es dunkel wird«, fand er es richtig, Lisbeth Holder aufzuklären.

Sie erkannte den Schlüssel in seiner Hand und schlussfolgerte: »Denken Sie, der Schierbach versteckt sich in der Hütte?«

Mark schmunzelte. »Das wäre dann kein besonders gutes Versteck. Nein, ich will die Zelte und Kleidungsstücke von Dennis Bankert und den verunglückten Jugendlichen holen. Ich hatte sie vorübergehend dort gelagert, aber jetzt wird es Zeit, die Sache zum Abschluss zu bringen.«

»Was passiert denn nun damit?«, fragte Lisbeth interessiert.

»Die Besitztümer von Dennis Bankert gehen an dessen Frau und die Sachen der Jugendlichen zurück ins Heim nach Achern, die waren ja alle Waisen. Nur der Jüngste hatte noch Großeltern.«

»Warum hat er dann nicht bei denen gelebt?«, fragte die Sekretärin überrascht.

Mark, der keinen Grund sah, ihr nicht die Wahrheit zu sagen, antwortete: »Er hat einen Brand gelegt, bei dem seine Eltern gestorben sind, deshalb hat man ihn unter Aufsicht gestellt.«

»Wie tragisch«, reagierte sie kopfschüttelnd. »Vielleicht ist es so dann besser. Wer weiß, was er sonst noch angestellt hätte?«

Mark enthielt sich eines Kommentars und verabschiedete sich. Falls das Unglück irgendeinen Sinn hatte, dann konnte er den jedenfalls nicht ergründen. Tief in seinem Inneren wusste er, dass er sich vermutlich bis ans Ende seiner Tage fragen würde, ob er den Tod von Dennis Bankert und den vier Jugendlichen hätte irgendwie verhindern können. In diesem Augenblick fühlte er sich Carina noch näher. Was musste sie erst wegen Samuel durchgemacht haben?

* * *

Später Abend, in einer ehemaligen Mine in Goldeisental

Polizeihauptmeister Mark Ehmann erwachte aus seiner Ohnmacht. Orientierungslos blickte er sich um, spürte die Kälte, den harten Boden und sah im trüben Licht felsige Wände. Sich zu bewegen, fiel ihm schwer, denn immer noch war er benommen. Die Erinnerung kam nur langsam zurück.

Ihm war etwas aufgefallen, etwas Wichtiges, doch er wusste im Moment nicht mehr, was das gewesen war. Sein Kopf schmerzte höllisch. *Der Wald,* richtig, er hatte sich auf die Suche gemacht, nur wonach? Von irgendwoher kam ein Jammern, ein Murmeln, aber seine Augen hatten sich erneut geschlossen.

»Das hätte nicht sein müssen«, hörte er wie aus weiter Ferne eine Stimme. »Warum die Dinge nicht auf sich beruhen lassen?«

Mark stöhnte, zermarterte sich das Gehirn, um zu ergründen, was in den letzten Stunden vorgefallen war. *Der Zeltplatz, dort war er gewesen, hatte die Mauszipfel eingepackt, die Rucksäcke ... war in Gedanken vertieft gewesen, und dann plötzlich hatte ihn eine Erkenntnis getroffen, aber welche?*

»Wie kann man nur so besessen sein?«, hörte er Worte, die für ihn gerade keinen Sinn ergaben. »Es wäre alles so schön einfach gewesen, eine verunglückte Gruppe Wanderer und ein vermutlich ebenfalls abgestürzter Bauunternehmer, dem niemand eine Träne nachweinen würde. Aber nein, Polizeihauptmeister Mark Ehmann muss Ermittlungen anstellen. Auf Kosten vom eigenen persönlichen Glück.«

Mark blinzelte, es fiel ihm schwer, die Augen offen zu halten – doch sein Überlebensinstinkt sagte ihm, dass er zu sich kommen musste.

Bei dem Versuch, sich etwas aufzurichten, bemerkte er, dass er gefesselt war. Also hatte er sich überrumpeln, in die Falle locken lassen. Sein größter Fehler dabei war gewesen, dass er seine persönlichen Gefühle nicht unter Kontrolle gehabt hatte.

»Es kann doch nicht so weitergehen«, begann der Polizist um Worte ringend. Womöglich konnte er verhandeln, dafür sorgen, dass es zumindest hier endete. Erst sah Mark nur Konturen, aber dann gewann das Gesicht von Dennis Bankert langsam an Schärfe. »Warum diese Kinder töten, die hatten doch noch ihr ganzes Leben vor sich«, sprach er angestrengt weiter.

»Das waren keine Kinder, das waren Kriminelle! Monster, die nur ein einziges Ziel hatten, andere zu quälen.«

»Sie brauchten lediglich jemanden, der ihnen den Weg zeigt«, widersprach der Polizeihauptmeister und erntete dafür nur höhnisches Gelächter.

»Nichts als Entschuldigungen. Ich bin es so leid, dass sich die Opfer am Ende noch entschuldigen müssen. Dass die, die uns den größten Schmerz zufügen, mit allem davonkommen, sogar als strahlende Sieger hervorgehen. Wie kann es sein, dass sich Undankbarkeit und Grausamkeit am Ende auszahlen?«

Vor Marks geistigem Auge flammte ein Erinnerungsfetzen auf. Richtig, er hatte angerufen, hatte mit Lisbeth Holder gesprochen, dann mit Arnold Frey und schließlich Carina eine Nachricht hinterlassen. Sein Herz machte einen Satz.

»Aber das ist doch nicht wahr«, sprach er schnell weiter, »nichts bleibt ungestraft.«

Wieder folgte ein höhnisches Lachen, dann antwortete man ihm voller Wut: »Was wird denn bestraft? Ein Messerangriff? Ein Diebstahl? Beleidigungen? Verleumdungen? Demütigungen? Ich habe nicht bemerkt, dass irgendetwas bestraft wurde!«

»Es muss enden, sofort. Keine weiteren Toten«, versuchte Mark erneut Überzeugungsarbeit zu leisten, während er die Verzweiflung in Dennis Bankerts Gesicht sehen konnte.

»Es wird so viele Tote geben wie eben notwendig«, wurde sein Einwand übergangen.

»Man weiß, dass ich hier bin«, setzte Mark nach.

Mark meinte, den Betreuer weinen zu sehen. Womöglich aus Erleichterung darüber, dass der Albtraum im Minenschacht endlich enden würde, wenn Verstärkung käme, vielleicht aber auch aus Verzweiflung, weil er nicht an ein gutes Ende glaubte.

»Soll ich etwa auch sterben?«, bemühte sich Mark, das Gespräch am Laufen zu halten. Immer noch kramte er in seinem Gedächtnis, fragte sich, was genau er zu wem gesagt hatte.

Ein undefinierbarer Laut kam aus Dennis Bankerts Richtung, der einer Warnung glich. Mark stieß einen heftigen Schrei aus, als die Spitzhacke hochgerissen und auf seinen Schädel gerichtet wurde. Reflexartig schloss der Polizeihauptmeister die Augen – es war also so weit, er würde sterben.

Ein Luftzug streifte seine Wange, die Spitzhacke traf direkt den Boden neben seiner Hüfte. Schüsse, Schreie, Rufe, Hundegebell. Zeitgleich begann Mark am ganzen Körper zu zittern, er hatte keine Kontrolle darüber. Dann wurde ihm klar, dass er noch lebte. Seine Augen öffneten sich, und da sah er sie ganz deutlich: Carina mit der Waffe in der Hand, das Gesicht vor Wut verzerrt, zu allem bereit.

»Ich werde Sie erschießen, wenn es sein muss«, schrie sie.

Arnold Frey, der ihr gegenüberstand, schwenkte mit irrem, fiebrigem Blick die Spitzhacke über seinem Kopf. Carinas Hunde – in geduckter Haltung, knurrend zum Sprung bereit – warteten nur auf das Signal der Försterin, um ihn anzuspringen.

»Ergeben Sie sich, letzte Warnung«, schrie Carina erneut.

»Ich habe das Recht dazu, mich zu wehren«, brüllte Arnold Frey wie von Sinnen, »ich habe das Recht dazu!«

Im nächsten Augenblick hörte man Stimmen, jemand rief: »Wir haben sie gefunden!«

Polizisten stürmten den Schacht, und endlich ließ Arnold Frey die Spitzhacke fallen und brach zusammen, kniete auf dem Boden und jammerte wieder und wieder: »Ich habe doch das Recht, mich zu wehren, ich …«

Dennis Bankert, dem man das Klebeband vom Mund riss, keuchte mit letzter Kraft: »Helfen Sie Paul, er lebt noch. Helfen Sie zuerst dem Kind«, und mit tränenverhangenem Blick wandte er sich an Mark. Sein »Danke« ging fast unter in dem Rufen der Beamten, aber der Polizeihauptmeister hatte es gehört, lächelte und verlor dann erneut das Bewusstsein.

20

Im Krankenhaus kam Mark wieder zu sich. Ein Ärzteteam erklärte ihm, dass er eine Schädelverletzung und damit verbunden eine leichte Gehirnerschütterung hatte. Nichts, was nicht wieder in Ordnung käme, aber zunächst bräuchte er Ruhe.

Missbilligend folgten von den Männern und Frauen in Weiß deshalb Blicke in Richtung Franziska Erlang, der neunundvierzigjährigen Freudenstädter Hauptkommissarin, die den Fall von nun an übernahm.

»Ich werde es kurz machen«, versprach sie und setzte sich neben sein Bett.

Carina hatte auf der anderen Seite Platz genommen und hielt Marks Hand.

»Gute Arbeit«, sagte die Beamtin anerkennend. »Ohne Sie wären Dennis Bankert und der zwölfjährige Paul nicht gerettet worden.«

»Ich kam zu spät, die anderen …«, erwiderte Mark müde.

»Sie haben durch Ihre Hartnäckigkeit zwei Menschen gerettet und womöglich zukünftige Opfer verhindert. Das ist das Einzige, was für Sie nun zählen sollte.« Besorgt fragte sie: »Wird es denn gehen? Es wäre natürlich hilfreich, wenn Sie uns erzählen könnten, was sich in den letzten Stunden zugetragen hat.«

»Sicher«, gab sich Mark tapfer. »Allerdings gibt es da nichts Heldenhaftes zu erzählen. Im Prinzip habe ich mich ziemlich dämlich angestellt, und wenn Carina mich nicht gefunden hätte …« Er warf ihr einen dankbaren Blick zu, und Hauptkommissarin Erlang entgegnete schmunzelnd: »Ist es nicht immer so, dass es am Ende die Frauen sind, die die Männer retten, auf die ein oder andere Weise?«

Mark lachte auf und griff sich sofort an den schmerzenden Kopf.

»Tut mir leid«, beeilte sich die Beamtin, zu sagen. »Wenn Sie doch lieber später …«

»Nein«, fiel ihr Mark ins Wort, »ich sage Ihnen, was ich weiß.«

Er lehnte sich auf den Kissen zurück und erzählte, wie er noch einmal zum Zeltplatz wollte und den Schlüssel für die Blockhütte im Rathaus besorgt hatte.

»Ich öffnete die Schublade im Büro von Arnold

Frey und sah den ganzen Krimskrams, dachte mir nichts dabei. Aber als ich dann auf dem Zeltplatz war und die Sachen der Jugendlichen zusammenräumte, da dachte ich an das Taschenmesser in der Schublade und an meine Begegnung mit Dennis Bankert. Es war das gleiche Taschenmesser, das Bankert dem Jugendlichen mit den weißen Haaren, diesem Eric, abgenommen hatte. Ich erinnerte mich an das eingeritzte ›E‹. Natürlich kam mir nicht der Gedanke, dass der Bürgermeister etwas mit dem Verschwinden der Gruppe zu tun hatte. Ich glaubte, es gäbe eine harmlose Erklärung, warum es im Besitz des Bürgermeisters war.«

»Obwohl feststand, dass die Gruppe abgestürzt war, interessierten Sie sich dafür, wie dieses Taschenmesser in die Schublade des Goldeisentaler Rathauses kam?«, fragte die Hauptkommissarin verwundert, und Carina konnte ein Seufzen nicht zurückhalten.

Mit einem Schmunzeln warf die Försterin ein: »Für Mark folgt auf jede Antwort eine weitere Frage.«

»Ein Polizist durch und durch also«, ging die Freudenstädter Beamtin darauf ein, kam dann zum Thema zurück und hakte nach: »Sie erinnerten sich, das Taschenmesser im Besitz von Dennis Bankert gesehen zu haben, und zwar, bevor er mit seiner Gruppe zum Zeltplatz aufgebrochen war. Daraufhin haben Sie im Rathaus angerufen, um zu fragen, wie es in die Schublade kam.«

»Genau«, bestätigte Mark. »Zuerst sprach ich mit

Lisbeth Holder, die jedoch nichts wusste. Außerdem erklärte sie mir, dass sie sich nicht an das Aussehen des Messers erinnerte, das der Jugendliche im Souvenir-Shop benutzt hat. Was wiederum nachvollziehbar war, denn das Messer ist so klein, dass sie das Griffstück sicher nicht hatte sehen können, während Eric damit herumgefuchtelt hat. Daraufhin wurde ich mit Arnold Frey verbunden. Ich gebe zu, ich fand es merkwürdig, dass sich das Messer ausgerechnet in seinem Besitz befunden hatte. Auf der anderen Seite wäre mir nie in den Sinn gekommen, er könnte zu irgendeiner Straftat fähig sein. Zudem erklärte er mir glaubhaft, dass er es bei einer seiner Walking-Runden im Wald gefunden und automatisch eingesteckt hat, es quasi als Fundsache aufbewahren wollte. Natürlich habe ich ihn gefragt, ob ihm denn nicht aufgefallen sei, dass das Messer dem Jungen gehörte, der ihn vor wenigen Tagen damit bedroht hatte. Er verneinte das, war jedoch sofort hilfsbereit und bot an, mir die Stelle zu zeigen, an der er es entdeckt hatte. Ich wartete am Zeltplatz, und in der Zwischenzeit rief ich Carina an und hinterließ ihr eine kurze Nachricht.«

»Als ich die Mailbox abgehört hatte, machte ich mir Sorgen. Es war bereits dunkel und Mark nicht erreichbar. Ich versuchte den Bürgermeister zu kontaktieren, aber auch der blieb unauffindbar. Vermutlich wäre ich nicht sofort los, doch irgendwie hatte ich das Gefühl, dass da etwas nicht stimmt.« Sie fing den neugierigen Blick von Franziska Erlang auf und erklärte: »Nicht, dass ich eine Eingebung gehabt hätte, aber ich kenne den Wald ziemlich gut, und ich weiß, dass es außerhalb der eingezeichneten Wege einige gefährliche Stellen gibt. Nach den jüngsten Ereignissen wollte ich nichts riskieren. Schneefall und Dunkelheit sind keine gute Kombination für jemanden, der sich da draußen nicht auskennt. Also fuhr ich mit den Hunden zum Zeltplatz. Mein Joschi ist ein pensionierter Suchhund, den ich von einem Gnadenhof habe. Um ihn fit zu halten, mache ich regelmäßig Suchspiele mit ihm. Als ich Mark nicht fand, sondern nur seinen Wagen und den des Bürgermeisters, habe ich zuerst Verstärkung angefordert und dann meinen Joschi losgeschickt. Tatsächlich hat er die Spur aufgenommen, trotz des mittlerweile liegen gebliebenen Schnees. Als er vor einer Felswand stehen blieb, dachte ich allerdings zunächst, er hätte das Aufspüren verlernt, aber dann entdeckte ich den Eingang zum alten Minenschacht. Ich hatte keine Ahnung, dass es noch offene Zugänge gibt. Jedenfalls vertraute ich auf Joschi, er zeigte mir an, dass die Spur dort weiterging. Ich unterrichtete Ihre Kollegen, die bereits den Zeltplatz erreicht hatten, über Funk, da Handys hier im Wald nicht funktionieren. Ich informierte sie über meinen Standort und den Zugang zur Mine und bin mit den Hunden voraus. Ich dachte nicht, dass Mark durch den Bürgermeister in Gefahr wäre, vielmehr nahm ich an, dass einer der beiden verletzt wäre oder sich die

Männer verlaufen hätten. Jedenfalls war ich froh, als die Verstärkung kam.«

»Sie haben umsichtig reagiert und so weitere Tote verhindert.«

Carina seufzte. »Joschi führte mich bis zu Mark. Als ich ihn erreichte, sah ich, wie Arnold Frey gerade mit der Spitzhacke ausholte, um ihn umzubringen. Ich habe einfach reagiert, geschrien, zwei Warnschüsse abgegeben, um ihn aufzuhalten.«

Sie atmete stoßartig, blinzelte heftig, auch sie stand noch unter Schock.

Mark übernahm wieder: »Arnold Frey hat mich auf dem Zeltplatz getroffen und mich in den Wald geführt. Er hat mit mir geplaudert, völlig unverbindlich, dann erreichten wir den Zugang zur Mine. Ich war überrascht, und er sagte: ›Ja, den kennt kaum jemand. Alle anderen Eingänge sind ja längst durch Sprengungen verschlossen. Aber lassen Sie uns hineingehen, ich habe eine Taschenlampe dabei. Ich fand das Messer dort drinnen‹. Ich bin ihm gefolgt wie das sprichwörtliche Lamm zur Schlachtbank. Als ich ihn fragte, wieso er dort überhaupt hineingegangen wäre, erklärte er, dass er gelegentlich überprüfe, ob sich ein armes Tier hineinverirrt hätte. Ich gebe zu, dass ich überhaupt nicht misstrauisch war. Im Gegenteil, ich fand diese selbstlose Ader von Arnold Frey sogar sympathisch. Im Stollen hat er mich dann niedergeschlagen. Offenbar hatte er es nicht eilig, mich zu töten, denn er hat gewartet, bis ich wieder zu mir kam. Den Rest kennen Sie. Keine Heldentat also.«

Die Hauptkommissarin widersprach: »Hartnäckigkeit und Glück gehören ebenso zum Job wie konkrete Hinweise und Laboranalysen.«

Sie stand auf. »Sie sind ein guter Polizist, vertrauen Sie weiterhin Ihren Instinkten, und wenn Sie Sehnsucht nach einem Job beim Morddezernat haben, dann melden Sie sich bei mir.« Damit verabschiedete sich die Hauptkommissarin.

Als Mark mit Carina allein war, bemerkte er: »Ich erinnere mich wieder, Franziska Erlang war die Hauptkommissarin, die den Fall des *Todmädchens* gelöst hat. Ich weiß nicht, ob ich deren Job auf Dauer machen möchte.«

Carina drückte seine Hand. »Ehrlich gesagt wäre es mir auch lieber, du würdest uns im Polizeiposten in Goldeisental erhalten bleiben.«

Er lächelte und erwiderte mit belegter Stimme: »Ich kann dir nicht genug danken.«

»Meine zweite Chance auf Glück hätte ich mir doch nicht kaputtmachen lassen«, flüsterte sie bemüht, nicht zu weinen.

»Ich bin also dein Glück?«, fragte er scherzend.

»Hundertprozentig, und wenn du möchtest, bist du in meinem Leben herzlich willkommen«, entgegnete sie zaghaft.

Mark sah sie zärtlich an, bevor er antwortete: »Und wie ich möchte.«

21

Gerichtsverhandlung von Arnold Frey

Arnold Frey hatte sich nach der Beratung mit seinem Anwalt entschlossen, ein volles Geständnis abzulegen. Während der Verhandlung war der Saal jeden Tag voll besetzt. Im Unterschied zu Sophia Frey, die nur anwesend war, um ihre Aussage zu machen, harrte Lisbeth Holder jeden Gerichtstag auf den unbequemen Bänken aus. Sie schien erschüttert und wirkte persönlich betroffen, war Mark Ehmann mit den Worten gegenübergetreten: »Dass man sich in einem Menschen so irren kann.«

Der Polizist verstand sie nur zu gut, ihm war es ja nicht anders ergangen.

Die Frage nach dem Motiv war das, was nicht nur die Richter, sondern auch die Öffentlichkeit interessierte. *Der Killer von Goldeisental,* wie die Presse den ehemaligen Bürgermeister mittlerweile titulierte, war bereit, sich zu erklären.

»Ich musste mich doch endlich einmal wehren«, wiederholte Arnold Frey seine Worte auch vor Gericht. Er saß bleich auf seinem Platz, stierte geradeaus, wirkte dabei ruhig und mit sich im Einklang. »Ich hätte nicht geglaubt, dass ich zu so etwas fähig bin«, begann er seine Aussage. »Ich dachte, ich hätte längst meinen Frieden mit der Vergangenheit gemacht, mich damit abgefunden und sie abgehakt.« Er machte keine Pause, sprach einfach immer weiter. Unmöglich zu sagen, ob es ihm peinlich war, seine Geschichte zu erzählen, oder eine Erlösung. »Sie haben mich gehänselt, heute sagt man dazu wohl Mobbing. Ich war kleiner, schwächlich und nicht besonders schlagfertig. Also das typische Opfer in einem System, in dem der mit der größten Klappe das Sagen hat. Mein Vater hatte für meine Not kein Verständnis, er war ja der *Große Frey,* mit dem Sägewerk, dem Bürgermeisteramt und dem Respekt der Menschen. Ein klasse Typ, zumindest außer Haus. An mir und meiner Mutter hat er nie ein gutes Haar gelassen. Sie hat es in den Tod getrieben, die Krankheit hat das wenige von ihr aufgefressen, das er von ihr übrig gelassen hatte. Ich war zehn Jahre alt, hatte gerade meine Mutter verloren, da sind sie über mich hergefallen, haben mich bedroht, mit ihren Messern herumgefuchtelt und mich geschlagen. Es waren drei, und sie waren mindestens fünf Jahre älter als ich. Sie brachten mich in die Mine, nahmen mir meine Kleider und ließen mich zurück. Einfach so, nur weil sie es konnten, weil es ihnen Spaß machte. Damals waren die Zugänge lediglich mit einem Absperrband gesichert. Aber ich fand den Hauptausgang nicht mehr und irrte die ganze Nacht in der Dunkelheit in den Stollen umher. Ich hatte furchtbare Angst, und als ich dann zufällig diesen Seitenausgang entdeckte, da war ich so erleichtert, dass ich mein Glück kaum fassen konnte. Ich rannte nackt und beschämt vor Tagesanbruch zurück zu unserem Haus. Mein Vater hatte noch nicht einmal bemerkt, dass mein Bett unbenutzt gewesen war. Natürlich hoffte ich auf Hilfe von ihm, glaubte, er würde dafür sorgen, dass das nie wieder passieren würde …«

An dieser Stelle unterbrach sich Arnold Frey, schluckte schwer, scheute sich aber nicht, weiterzusprechen: »Er *schlug* mich, er prügelte wie ein Verrückter auf mich ein, beschimpfte mich als Weichei, als Versager. Er würde sich niemals die Blöße geben und sich als Vater eines Schwächlings outen. Ich sollte lernen, meine Kämpfe selbst auszufechten. Er untersagte es mir unter Androhung weiterer Strafe, jemandem davon zu erzählen, meinte, ich solle mich schämen, dass ich mich nicht gewehrt hätte.« Das erste Mal verzog Frey das Gesicht, man konnte ein verunglücktes Lächeln erkennen. »Mein Vater ist heute dement«, sprach er weiter, »und obwohl er die meiste Zeit nicht weiß, wie er heißt, hat er nicht vergessen, mich regelmäßig als Versager zu beschimpfen. Das ist offenbar das einzige Gefühl, das er mir gegenüber je hatte. Und ich hoffe trotzdem immer noch darauf, ein wenig Liebe von ihm zu bekommen.«

Freys Verteidiger fragte nun: »Was ist aus denen geworden, die Ihnen das damals angetan hatten?«

»Einer starb drei Jahre später bei einem Motorradunfall, er war betrunken, der andere hauchte im Gefängnis sein Leben aus, und der Dritte ist ausgewandert, und ich hoffe, er erleidet eines Tages einen schmerzvollen Tod.«

»Wieso dieser Hass auf die Gruppe von Dennis Bankert?«, mischte sich der Richter ein.

»Es hat sich wiederholt«, antwortete Arnold Frey müde. »Ich war ein zweiundfünfzig Jahre alter Mann, ein Bürgermeister, freundlich, verständnisvoll und bemüht, im Sinne der Allgemeinheit zu handeln, aber nichts hatte sich geändert. Ich stand im Souvenir-Shop, und es war wie damals. Sie haben mich umzingelt, mit einem Messer bedroht und beschimpft.«

Er stieß geräuschvoll die Luft aus. »Und ich war wie gelähmt, der Versager von früher, nicht in der Lage, mich zu wehren. Ich habe versucht, damit klarzukommen. Meine Sekretärin besitzt mehr Mut als ich. Sie hat den Jungen einfach geohrfeigt, aber ich, ich tat nichts. Ich rief keine Polizei, ließ mich auf eine unehrlich ausgesprochene Entschuldigung ein und dachte, ich könnte damit leben. Mein Vater begrüßte mich wie gewöhnlich mit Beschimpfungen, meine Frau wollte nur so schnell wie möglich das Haus verlassen, um ihren Liebhaber zu treffen.« Er seufzte bitter. »Natürlich ahnte ich das von ihr und Schierbach, auch wenn ich das nicht wahrhaben wollte.«

»Was geschah an dem Tag noch?«, bat der Richter den Angeklagten, beim Thema zu bleiben.

»Ich hatte die Flasche Schnaps gekauft, die die Jugendlichen stehlen wollten, weil das Etikett eingerissen war. Da wusste ich plötzlich, was zu tun war. Meinem Vater werden starke Medikamente verschrieben, also mischte ich von denen, die eine sedierende Wirkung haben, reichlich in die Flasche Schnaps. Dann bin ich zum Zeltplatz aufgebrochen, gab mich jovial, redete mit Dennis Bankert und sagte: ›Ich möchte lediglich, dass die Sache aus der Welt ist.‹ Deshalb schlug ich vor, sozusagen als endgültige Versöhnung, der Gruppe eine geheime Höhle zu zeigen. Eine ehemalige Goldmine, und da es schon Abend sei, würde ich später ein Nachtessen in unserem Wirtshaus spendieren. Die Jugendlichen waren natürlich sofort begeistert, denn keiner hatte Lust, zu kochen oder abzuwaschen, und die Aussicht auf ein Steak schien verlockend. Bankert nahm das Angebot gerne an und ließ sich dann auch breitschlagen, noch die Mine zu besuchen. Ich sagte, in der Dunkelheit sei es besonders spannend, und habe Taschenlampen verteilt. Als wir dann dort waren, bot ich Schnaps an. Bankert war natürlich dagegen, aber ich sagte, das sei eine Bergbautradition, ein Schnaps zur Begrüßung.

Seine Schützlinge haben gegrölt vor Begeisterung. Der mit den weißen Haaren, der mich am Mittag noch bedroht hatte, besaß sogar die Frechheit, mir auf die Schulter zu klopfen und zu sagen: ›He, Alter, du bist für einen Spießer ganz in Ordnung.‹ Ich habe es genossen, ihm das Leben zu nehmen«, fuhr Frey mit verbissenem Gesicht fort.

»Die Wirkung des präparierten Schnapses war stark, es ging ziemlich schnell, sogar noch schneller, als ich gehofft hatte. Anschließend war es einfach, sie zu fesseln und zu knebeln, danach konnte ich mir Zeit lassen. Sie sollten leiden, und ich würde einen nach dem anderen umbringen. Ich sorgte dafür, dass die, die noch lebten, Wasser bekamen, um durchzuhalten, bis ich sie mir vornehmen würde.«

»Sie hatten vor, *alle* zu töten?«, hakte der Richter nach. »Auch den Betreuer?«

»Ich hatte keine Wahl«, gab Frey ehrlich zu. »Und Dennis Bankert war schließlich ein Handlanger dieser Kriminellen.«

»Mein Mandant hat jedoch gezögert, ihn zu töten«, hielt es der Verteidiger für angebracht einzuwerfen.

Woraufhin der Staatsanwalt scharf reagierte: »Ihr Mandant hat eben zugegeben, dass er auch Dennis Bankert töten wollte.«

»Der Zeuge Paul Issert hat jedoch ausgesagt, dass er zunächst verschont wurde«, widersprach der Rechtsbeistand.

Nun wurde Frey gebeten, sich dazu zu äußern.

»Es ist wahr, die Geschichte des Jungen hat mich an meine eigene erinnert, da fiel es mir … schwer, ihn zu töten. Außerdem tauchte dann auch noch Bernd Schierbach auf. Ich habe ihn am frühen Morgen in der Nähe des versteckten Eingangs getroffen. Er hat mich gefragt, was ich dort machen würde. Ich habe diesen Mann verachtet, er war immer nur darauf aus, mir alles wegzunehmen, meine Frau, mein Amt. Da kam mir die Idee, ihn ein für alle Mal aus dem Weg zu schaffen. Warum ihn schonen? Er hielt mich doch sowieso für einen Narren. Also erzählte ich ihm von dem Zugang zu dem Stollen, was er höchst interessant fand. Vermutlich weil er ja auf der Suche nach irgendwelchen Bodenschätzen war. Daher folgte er mir nur zu bereitwillig, und als wir weit genug im Berg waren, habe ich ihn niedergeschlagen und anschließend getötet.«

»Und warum haben Sie vorgetäuscht, dass die Gruppe über der Blutschlucht abgestürzt sei?«, wollte der Richter wissen.

Die Fragen waren allesamt nur noch für das Protokoll; Frey hatte sie bereits bei der Vernehmung beantwortet. Trotzdem musste er erneut Rede und Antwort stehen.

»Die Schlucht ist unzugänglich, man kann nur von oben hinabsteigen und auch nur einige Meter. Das ist allerdings gefährlich, nur bei entsprechender Witterung möglich. Ich weiß, dass der Weg über der

Schlucht Gefahren birgt und dass wir immer wieder Steinschläge haben. Der Rand ist mit Warnschildern versehen und der Boden dort instabil. Natürlich war mir klar, dass man nach der Gruppe suchen würde, also hielt ich es für eine gute Idee, eine falsche Spur zu legen. Deren Handys legte ich allesamt in eines der Zelte, damit keine Ortung der Leichen möglich wäre. Außerdem wollte ich einige ihrer Habseligkeiten so verteilen, dass man davon ausgehen konnte, die wären in die Blutschlucht gestürzt. Deshalb habe ich am Rand das Gestein gelöst, rechnete allerdings nicht mit einem so großen Abgang. Mir gelang es lediglich, einige Steinbrocken zu lösen, aber dann half mir die Natur. Plötzlich kam der Boden ins Rutschen, und es brachen gewaltige Felsstücke weg, hätten mich beinahe mitgerissen. Ich hatte das zwar nicht geplant, doch das löste alle Probleme, denn jetzt war ein Absturz auf jeden Fall glaubhaft. Und da das so gut funktioniert hatte, deponierte ich auch Schierbachs Aktentasche dort oben.« Das erste Mal sah sich Frey nun im Gerichtssaal suchend um. Sein Blick traf Mark. »Ich hätte Sie nur ungern umgebracht«, sagte er nun in dessen Richtung, »aber es wäre einfach gewesen, auch Ihren Sturz in die Blutschlucht zu inszenieren. Jeder wusste, dass Sie sich über den Tod der Gruppe Gedanken machten, dass Sie sich wegen deren Unfall sogar schuldig fühlten. Ich wollte Ihre Uniformjacke dort oben entsprechend platzieren und behaupten, Sie nach Ihrem Anruf am Zeltplatz getroffen zu haben. Das konnte ich nicht mehr leugnen, weil Sie bereits mit Lisbeth Holder über das Messer in meiner Schublade gesprochen hatten. Natürlich hätte ich gelogen und gesagt, das Taschenmesser hätte in der Nähe des Zeltplatzes gelegen und ich hätte Ihnen die Stelle gezeigt. Danach wären viele Spielarten möglich gewesen. Am Ende hätte ich alle davon überzeugt, dass Sie mir verändert, sogar deprimiert vorgekommen wären. Traumatisiert durch den Absturz der Jugendlichen und Dennis Bankerts, frustriert, weil es Ihnen nicht gelang, Bernd Schierbach zu finden. Dazu Ihre persönliche Situation, das unschöne Ende Ihrer Beziehung mit Lisa Ziflen vor wenigen Jahren und so weiter. Mit Ihrem Selbstmord hätte es geendet.« Frey schüttelte den Kopf. »Wären Sie nicht so besessen gewesen, dann hätte nie jemand davon erfahren«, sagte er sachlich. »Ich dachte, meine Andeutungen wegen Bankert würden Sie davon abhalten, weiter Fragen zu stellen. Deshalb erzählte ich, ich hätte ihn auf dem Flur beobachtet und er wäre ausgerastet. Ich hoffte, die Vorstellung, posthum seinen Ruf zu ruinieren, wenn eine unschöne Wahrheit über ihn ans Tageslicht käme, würde Ihr Bedürfnis nach Antworten ausbremsen. Ich habe nicht mit Ihrer Hartnäckigkeit gerechnet. Genauso wenig wie mit den Hunden. Seit Jahrzehnten hat niemand den Eingang entdeckt.« Der ehemalige Bürgermeister stierte auf seine Hände, als er aufgeregt weitersprach. »Ich hätte das Messer nicht behalten dürfen, aber als ich es in Bankerts Jackentasche fand, da war es, als hätte ich dadurch die Kontrolle zurück. In der Schublade zwischen all dem unwichtigen Zeug schien es mir gut versteckt. Ich ahnte doch nicht, dass Bankert es unserem Dorfpolizisten gezeigt hatte.« Plötzlich begann er zu stammeln und wirkte mehr und mehr geistesabwesend: »Ich hätte es nicht behalten dürfen … Er hat mich mit dem Messer bedroht … Ich musste mich doch wehren!«, sagte er flehentlich und blickte zum Richter. »Verstehen Sie das denn nicht? Es hat sich wiederholt …«

Wie zu erwarten endete die Verhandlung mit einem Schuldspruch. Der ehemalige Bürgermeister würde für immer im Gefängnis bleiben, die besondere Schwere der Schuld wurde festgestellt. Bei der Urteilsverkündung wirkte Arnold Frey teilnahmslos, er schien in seine eigene Welt abgetaucht zu sein.

EPILOG

Natürlich hatten die Morde und die Rettung von Dennis Bankert und des zwölfjährigen Pauls für Schlagzeilen gesorgt. Goldeisental erlangte eine neue Berühmtheit, allerdings aufgrund der tragischen Vorfälle in jüngster Vergangenheit. Aber es gab auch einen Liebling der Presse, und das war der betagte Rüde von Carina Weisenberg – denn schließlich hatten sie es Joschis Spürnase zu verdanken, dass es überhaupt Überlebende gab.

Emilia Bankert, die bereits alles verloren geglaubt hatte, empfand tiefstes Glück und unendliche Dankbarkeit für die zweite Chance, die sie und ihr Mann bekommen hatten. Auch Paul erholte sich langsam von den schrecklichen Ereignissen. Sein Fall wurde neu aufgerollt, und dieses Mal gestand Pauls älterer Bruder Jens die Tat. Außerdem kamen die vielen Grausamkeiten ans Licht, die die Brüder von den Eltern hatten ertragen müssen. Dennis Bankert ließ es sich nicht nehmen, die beiden in jeder Hinsicht zu unterstützen.

Während man den Vater von Arnold Frey in einer Pflegeeinrichtung unterbrachte, packte Sophia Frey ihre Koffer, beantragte die Scheidung von ihrem inhaftierten Mann und verschwand für immer aus Goldeisental. Lisbeth Holder hingegen blieb der Gemeinde und dem Bürgermeisteramt treu. Dennoch schmerzte sie der Gedanke an Arnold Frey, den sie weit mehr als nur gemocht hatte. Vermutlich schrieb sie ihm deshalb immer wieder ins Gefängnis, auch wenn bislang noch keine Antwort erfolgt war.

Das Haus in der Kupfergasse stand mittlerweile wieder leer. Kurz nachdem Mark und Carina ihre Verlobung bekannt gegeben hatten, war Lisa Ziflen mit ihrem Sohn Matteo aus dem Schwarzwald verschwunden.

Am Tag der Hochzeit war ganz Goldeisental auf den Beinen. Jeder wollte die hübsche Försterin und den mutigen Polizeihauptmeister beglückwünschen. Gabriele Veit, die mittlerweile entbunden hatte, übernahm es gern, eine spritzige Rede zu halten, nicht ohne zu betonen, dass sie ja von vorneherein um die Liebe der beiden gewusst hätte.

Langsam kehrte im Schwarzwald wieder der Alltag ein, und als Mark auf einer seiner üblichen Runden auf Bertha Tänner stieß, da sagte diese: »Ist dir schon aufgefallen, dass man die Kuckuckskinder in der Blutschlucht nicht mehr hört?«

»Wir haben keinen Wind«, antwortete ihr Mark geduldig.

Aber die Tännerin ließ sich nicht beirren und widersprach. »Unsinn, das hat nichts mit dem Wind zu tun. Die schweigen, weil jetzt alles seine Ordnung hat …«

Ende

SCHLUSSWORT UND ANMERKUNGEN

Alle Personen, Institutionen und Handlungen in meinem Psychothriller »Blutschlucht«, nebst Namen und Bezeichnungen, sind frei erfunden. Ähnlichkeiten mit lebenden oder toten Personen und deren Handlungen sind rein zufällig und nicht beabsichtigt. Das gilt unter anderem auch für den Ort Goldeisental und die Blutschlucht, die meiner Fantasie entsprungen sind. Allerdings haben mir die wunderschönen und geheimnisumwitterten Wälder, Berge und Schluchten des Schwarzwalds dafür als Vorlage gedient.

Natürlich existieren einige der genannten Örtlichkeiten, wie zum Beispiel Titisee-Neustadt, die Wutachschlucht, Freudenstadt und Rottenburg, genauso wie die Städte Bühl und Achern, die nahe bei Baden-Baden liegen und mir seit meiner Kindheit vertraut sind. Und auch wenn *Goldeisental* eine Erfindung ist, so hat der Bergbau im Schwarzwald eine lange Tradition, und einige der alten Minen stehen heute Besuchern zum Besichtigen zur Verfügung. Die Region ist bekannt für ihre Bodenschätze wie zum Beispiel Eisenerze und Silber. Tatsächlich besteht die Möglichkeit, dass sich auch Lithium, Gold und seltene Erden in dem Mittelgebirge finden lassen.

Der *Schädeltreff* ist wiederum eine Erfindung meinerseits, genauso wie das Kinderheim, die Außenwohngruppe oder das Freudenstädter Dezernat von Franziska Erlang.

Wer sich nun fragt, was es mit dem geheimnisvollen Fall von *Hauptkommissarin Franziska Erlang* auf sich hat, der im Buch erwähnt wird, dem empfehle ich meinen Psychothriller »Todmädchen«.

Die Kuckuckskinder und ihre Geschichte habe ich mir ebenfalls ausgedacht, allerdings möchte ich nicht unerwähnt lassen, dass der Schwarzwald über die Jahrhunderte immer wieder Quelle für düstere Erzählungen war. Nichtsdestotrotz handelt es sich um ein wunderbares Stück Natur, das es zu entdecken lohnt und das zudem die Heimat der beliebten Kuckucksuhren ist.

Vielen Dank für die Zeit, die Sie in meiner Goldeisentaler Welt verbracht haben. Ich hoffe, Sie konnten mit einer wohligen Gänsehaut den Geheimnissen der Blutschlucht auf die Spur kommen!

Herzliche Grüße
Ilona Bulazel

LESEPROBE »TODMÄDCHEN«

»Ich habe die Entscheidung über Leben und Tod getroffen. Sie möchten wissen, was ich dabei empfunden habe? Ich werde es Ihnen sagen: Es waren die besten Momente meines Lebens.«

Während eines Urlaubs im Schwarzwald verschwindet die sechsjährige Clara Kundorf spurlos, die Eltern sind verzweifelt. Acht Jahre später entdeckt man eine skelettierte Kinderleiche, daraufhin gerät die als »Zungenbrecherin« gefürchtete Kriminelle ins Visier der Polizei.

Als auch noch ein enthaupteter Frauenkörper gefunden wird, übernimmt die erfahrene Hauptkommissarin Franziska Erlang die heiklen und schwierigen Ermittlungen.

Trotz überraschender Verbindungen zwischen den Fällen lässt sich der Kreis der Verdächtigen nur schwer eingrenzen – auf wen hat es der Mörder wirklich abgesehen? Welche Geheimnisse sollen vertuscht und wessen Schuld beglichen werden?

Zunächst gelingt es den Ermittlern nicht, weitere brutale Morde zu verhindern, bis sie erkennen, dass nur das *Todmädchen* die Antworten auf all die offenen Fragen kennt …

In diesem Psychothriller erlebt der Leser einmal mehr, wie nahe Liebe und Hass beieinanderliegen und welche grausamen Taten daraus erwachsen können!

Als E-Book und Taschenbuch bei Amazon erhältlich.

»TODMÄDCHEN«, KAPITEL 1

Sie hatten es gerade noch geschafft. Der Wolkenbruch kam unerwartet und heftig. Gesa Buntlach und ihre fünfjährige Tochter Eleni erreichten das gläserne Wartehäuschen der Bushaltestelle, kurz nachdem die ersten dicken Tropfen das bevorstehende Unwetter angekündigt hatten.

Sie waren die einzigen Fahrgäste an der Haltestelle einer Buslinie, die um sechs Uhr morgens weder für Schüler noch für Pendler interessant war.

Gesa fühlte sich gehetzt und atmete geräuschvoll aus, woraufhin sie ihre Tochter fragen hörte: »Mama, alles in Ordnung?«

Die Siebenundzwanzigjährige riss sich zusammen. Es war schon erstaunlich, was für feine Antennen das Kind hatte, wenn es um den Gemütszustand anderer Menschen ging.

»Natürlich geht es mir gut«, antwortete sie bemüht,

dabei überzeugend zu klingen. Schließlich konnte sie ihrer Tochter nicht sagen, dass sie sich ausgelaugt fühlte, dass ihr alles über den Kopf wuchs, die Arbeit in der Bäckerei, der Nebenjob bei der Reinigungsfirma, die ständige Angst, dass das Geld am Ende des Monats nicht reichte, niemand da war, der sie unterstützte … Gesa unterbrach diese trüben Gedanken mit den Worten: »Wenn es heute Abend nicht regnet, dann gehen wir in die Stadt und essen ein Eis, was hältst du davon?« Gleichzeitig versuchte sie, nicht daran zu denken, dass eine Kugel Eis mittlerweile mehr kostete als ein Laib Brot.

»Das wäre super«, erwiderte das Mädchen, verzog dann aber das Gesicht und erkundigte sich besorgt: »Und wenn es regnet?«

»Dann verschieben wir den Ausflug und machen es uns zu Hause gemütlich.«

Das Kind nickte tapfer, obwohl ihm die Antwort nicht gefiel.

Wieder bekam Gesa ein schlechtes Gewissen, hasste es, immer sparsam sein zu müssen. Einen Augenblick saßen sie schweigend da und beobachteten im Morgengrauen, wie sich in einem der Schlaglöcher auf dem Gehweg das Wasser sammelte. Eleni begann unruhig zu werden, stand auf und umrundete immer wieder die kleine Sitzbank, während Gesa das Handy aus der Tasche zog und die eingegangenen Nachrichten prüfte.

Das Mädchen war eigentlich noch müde. Das frühe

Aufstehen machte ihr keine Freude, und die Aussicht, die Zeit, bis der Kindergarten öffnete, bei der Oma zu verbringen, heiterte sie ebenfalls nicht auf. Obwohl die Oma ihr keine Vorschriften machte und ihr erlaubte fernzusehen, mochte sie die Frau nicht besonders. Aber bald würde sie in die Schule kommen und dann wäre alles anders, dann wäre sie erwachsen und bräuchte keinen Babysitter mehr und … Eleni blieb abrupt stehen, vergaß mit einem Schlag die Zukunft und konzentrierte sich nur noch auf ihre Entdeckung. Neugierig drückte sie ihr Gesicht an die Scheibe des Wartehäuschens. Sie hatte ihn nicht gleich gesehen; er stand dicht bei dem Mülleimer, wurde zum Teil von ihm verdeckt. Das trübe Licht ließ ihn fast mit dem Abfallbehälter verschmelzen, aber jetzt war ihr der Koffer doch aufgefallen. Es war ein altmodisches Teil mit Schnallen und sah ziemlich ramponiert aus.

Was da wohl drin ist?, fragte sich die Fünfjährige aufgeregt und warf einen verstohlenen Blick zur Mutter.

Die saß immer noch wie eine buckelnde Katze über ihr Handy gebeugt auf der Bank. Eleni konnte sich also unbeobachtet aus dem Wartehäuschen schleichen. Sie zog die Kapuze ihres Regenmantels über den Kopf und schlüpfte hinter dem Rücken ihrer Mutter hinaus.

Der Regen klatschte ihr ins Gesicht, und die Tropfen prasselten wie Kieselsteine auf die kleinen Schultern, aber das hielt das Mädchen nicht davon ab, weiter auf Entdeckungstour zu gehen. Vor dem Koffer blieb sie stehen und legte den Kopf etwas schräg, fixierte das ausgebeulte Reiseutensil und tastete mit ihren Blicken jeden Quadratzentimeter ab. Plötzlich hielt sie den Atem an, ihr war etwas aufgefallen – der alte Koffer war nicht richtig verschlossen; da klemmte etwas zwischen den verrosteten Zähnen des kaputten Reißverschlusses. Zuerst nahm Eleni an, dass das einfach nur Fäden wären, aber dann ging sie in die Knie, und der kindliche Wissensdrang trieb sie dazu, ohne Scheu das Gesicht ganz nah in Richtung des feinen Gespinsts zu bewegen, um es genauer in Augenschein zu nehmen.

Komisch, dachte sie irritiert, *das sieht aus wie Haare.*

Auf einmal fiel ihr etwas ein. Natürlich, womöglich befand sich eine Puppe darin, eine große, schöne Puppe! Bereits im nächsten Augenblick hantierte sie hektisch an den Schnallen und löste sie.

Es war der schrille, markerschütternde Schrei des Kindes, der Gesa im Wartehäuschen in die Höhe schnellen ließ. Ohne zu zögern, rannte sie los. Das Smartphone rutschte ihr aus der Hand, und den Schirm ließ sie auf der Bank liegen. Für den Bruchteil einer Sekunde ging ihr durch den Kopf, dass Eleni in Gefahr sei und das nur, weil sie nicht aufgepasst hatte.

Sie dann jedoch wohlbehalten neben dem Mülleimer zu sehen, löste eine Welle der Erleichterung in ihr aus. Dennoch eilte sie zu ihr und schloss sie in die Arme – erst dann sah auch sie das kleine Skelett in dem aufgeklappten Koffer, die verdrehten Arme und Beine, die Rippen, an denen noch Kleidung hing, und die geradezu winzigen Knochen der rechten Hand, die etwas fest umschlossen, als wäre es eine Art Schatz, den man über den Tod hinaus hüten musste. Es handelte sich dabei um eine etwa zwanzig Zentimeter große Puppe, die eine zerrissene Tracht und einen verschlissenen traditionellen Schwarzwälder Bollenhut trug, unter dem zwei zerzauste, geflochtene schwarze Zöpfe hervorlugten.

Das Plastikgesicht des Spielzeugs hatte bereits begonnen zu verrotten, und doch waren die Züge noch zu erkennen. Die starren Kunststoffaugen schienen Gesa direkt anzustarren, und als der Regen auf das einst pausbackige Antlitz der Puppe tropfte, da wirkte es, als würde diese nun weinen. Womöglich waren es Tränen, die den Tod eines Menschen beklagten; denkbar aber auch, dass sie die Erleichterung darüber ausdrücken sollten, endlich gefunden worden zu sein.

* * *

Hauptkommissarin Franziska Erlang streckte sich genüsslich aus. Sie hatte einen fantastischen Abend erlebt, hervorragend gegessen, sich amüsiert und dann eine Nacht mit einem wundervollen Mann verbracht. Matthias wäre wohl in jeder Hinsicht als Traummann zu beschreiben gewesen, hätte er nicht diesen einen kleinen *Makel* – er war einige Jahre jünger als sie.

Seufzend richtete sich Franziska auf. Warum konnte sie diesen Gedanken nicht einfach einmal vergessen? Sie war doch sonst so selbstbewusst.

Matthias, der ihre Unruhe zu spüren schien, wachte nun ebenfalls auf.

»He, gut geschlafen?«, murmelte er, hielt dabei die Augen jedoch noch geschlossen und lächelte.

Sein kräftiger Arm umschlang sie, und er schob sich näher an sie heran.

»Ich habe geschlafen wie ein Stein«, scherzte sie und fügte etwas verlegen an: »Wie hätte ich nicht schlafen können, nachdem wir …«

Sie musste nicht weitersprechen, denn er begriff und lachte auf. »Du verstehst es, einem Mann Komplimente zu machen. Meine sexuellen Bemühungen haben dich also gelangweilt und schläfrig gemacht.«

»Nein, so habe ich das …« Sie brach ab, erinnerte sich daran, dass er es liebte, sie auf den Arm zu nehmen. »Du weißt ganz genau, wie ich das meine«, erwiderte sie gespielt streng und gab ihm einen Rempler.

»Dann fühle ich mich geschmeichelt«, entgegnete Matthias und richtete sich auf. Ein Blick auf die Uhr ließ ihn stöhnen. »Mist, ich muss mich fertig machen«, kommentierte er seinen genervten Gesichtsausdruck. »Tut mir leid, dass ich die Tour nicht verschieben kann. Aber die Wandergruppe hat im Voraus bezahlt.«

»Mein Urlaub war ja nun auch kurzfristig und ich

bin mir sicher, dass ich bald mal wieder einen freien Tag habe«, scherzte Franziska, denn beide wussten, dass ihr Job bei der Kriminalpolizei oft wenig Raum für Freizeit ließ.

»Was hältst du davon, einfach mitzukommen? Das wäre doch super. Ich habe eine schöne Route ausgesucht. Vom Mummelsee zum Grindenpfad und zurück.«

Franziska zögerte. Während Matthias sein Leben am liebsten komplett in der freien Natur verbringen würde, war sie eher für ein Dasein auf der Couch geschaffen, aber das allein war nicht der Grund für ihre Zurückhaltung.

»Werden die sich nicht fragen, wer ich bin?«, sprach sie aus, was sie beschäftigte.

»Du bist meine Freundin«, sagte er leichthin, während er in die Unterhose schlüpfte.

Dabei betrachtete Franziska den muskulösen Körper ihres Partners, die perfekt definierten Arme, die Brust- und Bauchmuskeln, die sonnengebräunte Haut und das blonde Haar, das er manchmal als Dutt frisierte – etwas, mit dem sie sich nur schwer anfreunden konnte. Aber gleichgültig, was er trug und wie auch immer er sich stylte, er sah stets hervorragend aus; deshalb hätte sie ihn von sich aus auch nie angesprochen.

»Sie werden sich hinter vorgehaltener Hand darüber lustig machen, dass ich *alte Kuh* die Freundin von so einem coolen Typen bin«, gab sie zurück, woraufhin er mit den Augen rollte.

»Wirklich?«, fragte er gereizt, »das schon wieder? Wie oft müssen wir darüber noch sprechen?«

»Ich bin immerhin fast zehn Jahre älter als du und zudem keine junge Frau mehr.«

»Du bist achtundvierzig, ich neununddreißig. Na und? Du tust ja gerade so, als wäre ich achtzehn und mit einer Hundertjährigen im Bett. Also was soll diese ewige Diskussion wegen dieses läppischen Altersunterschieds? Wir können daran nichts ändern. Und wäre es umgekehrt, würdest du dir doch auch keine Gedanken machen. Damit ist deine Haltung ganz schön unemanzipiert.«

»Du hast ja recht«, lenkte sie ein. »Dennoch gebe ich zu, dass ich mich gelegentlich frage, was ein Kerl wie du ausgerechnet von mir will. Du könntest doch jede haben.«

»Erstens ist das Unsinn, und zweitens will ich nicht jede, sondern dich. Und wenn du nicht ständig die Ermittlerin heraushängen lassen würdest, wäre das für unsere Beziehung sicher eine Erleichterung.«

»Was heißt, ich lasse die Ermittlerin heraushängen?«, fragte Franziska empört.

»Das heißt, du stellst meine ehrliche Zuneigung infrage und suchst nach einem anderen Motiv für mein Interesse an dir. Quasi unterstellst du mir damit unlautere Absichten.«

»Das ist nicht wahr«, wehrte sich Franziska, musste

aber im Stillen zugeben, dass Matthias keineswegs falschlag. Tatsächlich fürchtete sie sich davor, dass er sie vielleicht ausnutzen wollte oder auf irgendeine Weise verletzen könnte. Ja, sie hatte manchmal Zweifel an seiner Aufrichtigkeit, aber nicht, weil er ihr dazu einen Anlass gab, sondern weil sie verunsichert war.

Matthias sah sie mit einem schiefen Grinsen an. »Einigen wir uns doch einfach darauf, dass ich kein Schurke bin und du eine wundervolle Frau.«

Sie erwiderte sein Lächeln. »Einverstanden.«

»Dann schwing dich in deine Wanderschuhe und begleite mich heute.«

Franziska nickte. »Okay, aber wehe, irgendwer fragt, ob ich deine Mutter bin, dann wird es einen tödlichen Unfall geben.«

Er lachte herzhaft und verschwand im Bad, während sich die Hauptkommissarin aus dem Bett hievte und sich beim Vorbeigehen im Spiegel einen kritischen Blick zuwarf. Wo waren nur die prallen Brüste und die wohlgeformten Arme geblieben, wo die stramme Haut an den Oberschenkeln? Sie seufzte vernehmlich, riss sich dann jedoch zusammen und dachte: *Vielleicht wird es langsam Zeit für etwas mehr Selbstbewusstsein, was meine Beziehung angeht …*

EBENFALLS LESENSWERT …

»Verdacht – Blutschmetterling«, Psychothriller 2023

Nur verschwommen nahm er die Gestalt wahr, die ihn beim Sterben beobachtete. Blut hing in seinen Wimpern, verschleierte ihm den Blick – und plötzlich überkam ihn eine unendliche Trauer. Er hatte versagt, er hatte auf ganzer Linie versagt …

Die sechsjährige Sophia und ihr jüngerer Bruder Kilian werden mitten in der Nacht aus dem Haus der Familie Rothmann entführt. Die schwerverletzte Babysitterin Doreen Amlung stirbt noch am Tatort, bevor sie irgendwelche Hinweise auf die Täter geben kann.

Die Karlsruher Hauptkommissare Link und Strickle werden mit den Untersuchungen des schwierigen Falls betraut. Bei der Suche nach den Geschwistern zählt jede Minute. Der Druck wird noch größer, als ein weiterer Mord direkt im Umfeld der Familie den Beamten Rätsel aufgibt. Ist diese Tat eine grausame Warnung der Entführer oder steckt mehr hinter der Brutalität, mit der man das Opfer getötet hat?

Während der Ermittlungen ergeben sich zahlreiche Ungereimtheiten. Die Eltern verbergen die Wahrheit vor der Polizei und auch die Mordopfer scheinen nicht so unschuldig, wie zunächst vermutet. Sind womöglich die Eheprobleme der Rothmanns ein Grund für die tragischen Ereignisse oder die Wut eines Menschen, der sich abgelehnt fühlt und jegliche Grenze überschreitet?

In diesem Psychothriller erlebt der Leser, wie Vertrauen missbraucht, Liebe verraten, Sadismus sich seiner grausamsten Instrumente bedient und am Ende der *Blutschmetterling* entscheidet, wer befreit wird oder wer stirbt ...

Als E-Book und Taschenbuch bei Amazon erhältlich.

WEITERE BÜCHER DER AUTORIN

Alle Bände der Reihen sind in sich abgeschlossen und können unabhängig voneinander gelesen werden.

- Verdacht – Blutschmetterling
- Todmädchen (Psychothriller)
- Hassbefleckt (Psychothriller)
- Niemandsengel (Psychothriller, Hauptkommissar Stutter Band 7)
- Sepsis – Zorneskind (Psychothriller, Sepsis Band 11)
- Verdacht – Die tote Stiefmutter
- Mortem – Blutiges Elbufer (Mortem-Reihe, Band 2)
- Der Duft der Opfer (Psychothriller, Hauptkommissar Stutter Band 6)
- Mortem – Blutiger Traum

- Sepsis – Schlafendes Englein (Psychothriller, Sepsis Band 10)
- Sterbendes Herz (Psychothriller, Hauptkommissar Stefan Junck Band 2)
- Die im Regen weinen (Psychothriller, Hauptkommissar Stutter Band 5)
- Der Todeseid (Psychothriller)
- Mein Zorn – Dein Schmerz (Psychothriller)
- Dem Tod verfallen (Psychothriller)
- Tödliche Heilige (Psychothriller, Hauptkommissar Stutter Band 4)
- Mädchen ohne Wiederkehr (Psychothriller)
- Der Engelshenker (Psychothriller, Sepsis Band 8)
- Lebendfalle (Psychothriller)
- Schattenleid (Psychothriller, Hauptkommissar Kaller Band 2)
- Der Schmerzjäger (Psychothriller, Hauptkommissar Stutter Band 3)
- Blutschwarz (Psychothriller, Sepsis Band 7)
- Der Todesprinz (Psychothriller, Hauptkommissar Kaller Band 1)
- Heimtückische Schuld (Psychothriller, Hauptkommissar Stutter Band 2)
- Blutmosaik (Psychothriller, Sepsis Band 6)
- Der Sündenfänger (Psychothriller, Hauptkommissar Stutter Band 1)
- Verdorbene Ernte (Psychothriller)
- Bitterblutige Wahrheit (Kriminalroman)

- Ufer der Angst (Psychothriller, Sepsis Band 5)
- Schmutzige Tränen (Psychothriller)
- Lautloser Hass (Psychothriller, Sepsis Band 4)
- Sepsis – Showblut (Psychothriller, Sepsis Band 3)
- Sepsis – Das Schandmaul (Psychothriller, Sepsis Band 2)
- Sepsis – Verkommenes Blut (Psychothriller, Sepsis Band 1)
- Das Geheimnis von Herculaneum (Historischer Roman)
- Blutiger Schein (Thriller)
- Projekt Todlicht (Thriller)
- Die Akte Aljona (Thriller)
- Operation Castus (Thriller)
- world: reset – Nach den Aschentagen (Krimi/Science-Fiction-Thriller)
- Mystery-Geschichten (Kurzgeschichten)
- SciFi-Geschichten (Kurzgeschichten)

Alle Titel erhalten Sie als E-Book (die Shops finden Sie auf der Website der Autorin unter https://www.autorib.de) oder als Taschenbuch über Amazon!

Printed in Poland
by Amazon Fulfillment
Poland Sp. z o.o., Wrocław

31652754R00145